メディアワークス文庫

恋に至る病

斜線堂有紀

目　次

「宮嶺《みやみね》は私のヒーローになってくれる？」

寄河《よすが》景《けい》がそう言った瞬間から、僕の余生が始まる。

これが自分の人生における最上の瞬間なのだと、幼いながらに確信していた。だから僕は、ずっと景のヒーローでいようと決めた。勿論《もちろん》、僕はそんな器じゃない。それでも、彼女がそう言ってくれたなら、僕は最後まで彼女の味方でいようと決めていた。その気持ちは、景が中学生になり、高校生になり、百五十人以上の人間を殺しても変わらなかった。

咳《せ》き込《こ》む度に全身が痛む。片目が見えないのがこんなに不安だなんて思わなかった。骨だって何本か折れているに違いない。今の僕じゃ、もう景を守ってあげることは出来ない。けれど、それでも僕は景を守らなければ。腹の傷から血がすっかり流れ出てしまうまで、僕はそうあらねばならなかった。

僕は目の前の男に向かってどうにか微笑《ほほえ》み掛ける。最後の虚勢だ。そうして精一杯取り繕うと、目の前の彼が不快そうに眉を顰《ひそ》めた。当てつけのように僕は続ける。

「そうです。景は百五十人以上の人間を殺しました。それも、自分では手を下さずに。彼女は疫病のように人を殺し、罪悪感なんて欠片《かけら》も覚えなかった、化物です。僕はそんな彼女を殺しました」

僕がそう告白すると、目の前の男は大きく顔を歪《ゆが》めた。きっと本音では僕が憎くてたまらないのだろう。とどめを刺そうとしないのは、まだ僕に聞きたいことがあるからだ。

とはいえ、僕の意識は半分落ちかけていて、ご期待には沿えそうにない。震える唇で、
男が「どうして」と尋ねる。

「僕は、景のヒーローだから」

その答えが気に入らなかったのか、男が僕のことを殴りつけた。僕の意識がまた一段階冷たい暗闇へと落ちていく。

その先に景がいるのかは、まだ分からない。


これは僕がいかにして化物を愛するようになったかの物語だ。

■第一章

1

僕が寄河景と出会ったのは、小学五年生に上がる頃だった。

僕の父親は転勤が多かった。一年足らずで住む場所が変わる生活が続き、この街には、通算七回目の引っ越しでやってきた。

実を言うと、僕はその生活が好きだった。何せこの生活は言い訳になる。その場に馴《な》染《じ》めなくても、上手《うま》く友達が作れなくても別にいい。少し待てばリカバリーが利くし、周りだって付かず離れずの関係を保っていてくれる。

だから「今度で引っ越しは終わりだ」という父親の発言は僕にとっては死刑宣告も同然だった。

「望《のぞむ》にも色々大変な思いをさせたけどな。もう大丈夫だ。中古だが、家も買おうと思う。

望にきちんと残せるものを用意しておけるように」

「これでちゃんとお友達を作れるね。ほら、今度作るお友達とは中学校も一緒に通えるよ」

転勤の終わり、マイホーム、そういったものに、両親はこの上なく喜んでいた。これからは明るいことしか待っていないのだと言わんばかりの笑顔に、僕は息を呑《の》む。内心では殆《ほとん》どパニックだった。それじゃあここで失敗したらどうなるのだろう？　とは言えるはずが無かった。ややあって、僕は言う。

「よかった、楽しみだよ」

これが両親に対する最初の隠し事だった。

父さんと母さんが仲良く選んだ一戸建ては、中古とは思えないほど立派で大きくて、綺麗《きれい》だった。だからこそ、いよいよ逃げられないと思った。

僕は二階の一人部屋を与えられた。部屋を好きなように飾っていいことすらプレッシャーだった。標準的な小学五年生は何の絵のポスターを貼ればいいのかの指示が欲しいと思うくらいに。

でも、やるしかない。今日からは、やり直しが利かないのだから。自分に言い聞かせるようにそう呟《つぶや》いて、初めて一人で眠ったのを覚えている。

けれど、そこで心機一転切り替えられる、なんて甘い話はなかった。

恐怖から、僕は何度もシミュレーションをした。僕が加わるのはクラス替えのタイミングだから、もしかしたらそんなに目立たないかもしれない。学年に生徒が多ければ、目立たずに馴染めるかもしれない。自己紹介さえミスしなければ、そのまま友達が出来るかもしれない。大丈夫だ、と自分に言い聞かせて、当たり障りのない自己紹介を練習した。もし転校生だとバレても、これからよろしくと言えばいい。

結論から言おう。

僕のシミュレーションは何の意味も成さなかった。

僕が入ることになった五年二組は、元から顔見知りの生徒が多かったらしく、クラス替えの直後であるにもかかわらず賑《にぎ》やかで騒がしかった。独特の身内感が、内心の孤独感を助長させた。

それでも、やたら声の大きい担任が入ってきて、みんなに自己紹介を促すまではマシだった。「あ」行の生徒から立ち上がり、オーソドックスなものからウケを狙ったものまで、各々自己紹介をする。それに対して「また根津原《ねづはら》と一緒かよー！」という野次が飛んだり、ぱらぱらと拍手が鳴ったり。うるさい心臓を押さえつけて、深呼吸をする。

そして、とうとう僕の番になった。

ゆっくりと立ち上がる僕を、静まり返った空気が迎える。きっと、ここでようやく僕が知らない異物だと気がついたのだろう。でも、別にいい。名前を言って、よろしくお願いしますと言えばいいだけ。意を決して僕が口を開こうとした瞬間、担任の声が割って入った。

「待った。お前、転校生だったよな？」

「あ……………」

「だよな！　なあ！　みんなによく見えるように前出てきたらどうだ？　ほら！」

それが冴《さ》えたアイデアとでも言わんばかりに担任が手招きをする。椅子を引く音がやけに大きく感じられた。どうにか黒板の前に辿《たど》り着《つ》く頃には、僕の身体《からだ》は汗でじっとりと濡《ぬ》れていた。顔すら上げられないまま、乾いた口を開く。

「…………ぼ、僕は、」

「あ、先に黒板に名前書いて貰《もら》えるか？」

「っあ、はい」

そうして言われるがまま、よれよれの文字で「宮嶺」まで書いたところでチョークが折れた。教室内から控えめな笑い声が上がり、残った「望」の文字だけが不自然に大きくなってしまう。これだけのことで、僕はもうまともに話せなくなっていた。

大した失敗でもないのに涙が出そうになって、それを堪える為《ため》に言葉が出てこない。さっきまで笑い声を上げていた周りがしんと静まりかえって、僕のことを見ている。僕の言葉を待っている。数秒の沈黙が取り返しのつかない失敗のように感じられ、いよいよ名前すら言えなかった。

担任が「おい、どうした？」と声を掛けてくるのも最悪だった。これを皮切りに、周りもこれが何かの事故だと察してざわめき始める。いよいよ目眩《めまい》がして蹲《うずくま》りそうになった瞬間、勢いよく誰かが立ち上がる音がした。僕に注目していたクラスメイト達《たち》が一斉にそちらの方を振り向く。

教室の後ろの方、窓際から二列目。まるで示し合わせたかのように視線を集めていたのは長い髪を二つに結んだ、完璧な女の子だった。

赤いシュシュで括《くく》られた髪の毛が重力に逆らって跳ね上がっている。白い肌は窓から差し込む光できらきらと輝いていた。自然光のスポットライトに負けんとばかりに、茶色がかった目が輝きで泡立っている。驚きと喜びを全身に湛《たた》えながら、彼女は僕の方を真《ま》っ直《す》ぐに指さしていた。僕が何かを言うより先に、彼女が形の良い唇《い》を開く。

「あーっ！　宮嶺くん！」

不思議な声だった。子供にしては低く、大人にしては高い声だ。その声は楽器のように伸びやかで、教室の中に朗々と響いた。

「久しぶりだね。私、景だよ」

そう言って、彼女がゆっくりと表情を緩める。当然ながら、彼女に見覚えは無かった。

こんな女の子に会っていて覚えていないはずがない。モナリザを見た人間があの微笑みを忘れられないのと同じだ。なのに彼女は——景は、生き別れた親友のように、僕に笑いかけていた。

突然この世界に席が用意されたような気分だった。全身を呑み込んでいた緊張と恐れが波のように引いていき、ざわめきが耳に入らなくなる。

「寄河の知り合いなのか？」

教室の空気を引き戻したのは担任のその言葉だった。そこには驚きに混じって、奇妙な暖かみが滲《にじ》んでいる。景が自信満々に頷《うなず》くと、それに合わせて周りも「景の友達？」「えー、マジで？」という、親しみ混じりの野次が飛ぶ。さっきまで異物として排斥されていたはずの僕は、彼女の言葉一つでいきなりこの場に引き入れられていた。その日向《ひなた》に引きずられるように、僕の口から自然と言葉が出てくる。

「……この間、引っ越してきました、宮嶺、望です……その、よろしく、お願いします」

その瞬間、よく出来ましたとでも言わんばかりに彼女が笑った。

「みんなも宮嶺くんのこと、よろしくね」

景がそう言うと、そのまま何事も無かったかのように自己紹介が再開した。僕のもたらした気まずい空気はすっかり掻《か》き消えていた。

言ってしまえば、これだけのことだった。それでも、目の中に星を飼いながら光を一身に引き受ける景は、あの時確かに僕のことを救ってくれたのだった。

自己紹介が終わって自由時間になるなり、景の姿はクラスメイトに囲まれて見えなくなってしまった。本当はすぐにでも彼女の下に行ってお礼を言いたかった。あるいは、彼女と一回でいいから話をしてみたかった。

そんなことを考えながら、未練がましく彼女の方を見つめる。その時、人波の隙間から見える景と一瞬だけ目が合い、慌てて逸《そ》らした。結局その日は、会話することも叶《かな》わなかった。住む世界が違う子だな、と月並みなことを考えたのを覚えている。

それはそれとして、僕と景の世界は物理的には接続されていた。

両親が夢と希望を持って購入したマイホームは、景の家の隣に建っていたのだ。


「久しぶり、宮嶺くん。そして、おはよー」

小学校へ続く長い坂に差し掛かるところで、僕はすっかり耳に残ったあの声に呼び止められた。

今日の寄河景は、昨日の赤いシュシュではなく青い水玉のシュシュで髪を結んでいた。

どうやら、その日の気分で色は変えているらしい。景が僕の方を覗《のぞ》き込《こ》むと、髪の束と一緒に背負ったランドセルも合わせて揺れる。景は猫のように口角を上げながら、言葉を待っていた。

「……………お、はよう」

「宮嶺くん、朝早いね？　どうしたの？」

景の言う通り、僕の登校は始業より一時間も早い。普段なら八時二十分までに教室に入ればいいのに、今日に限ってはまだ七時過ぎだ。がらんとした通学路には僕と景の姿しかない。

「その、転校してきたから、出さなくちゃいけない書類とかあって……朝の会より早くに来なくちゃいけなかったから。寄河さんこそ、こんな時間に何してるの？」

「私はねー、児童会の朝ボランティアなの。去年からずっと児童会で、四年生の任期は終わったんだけど、五年生もやるつもりだから、間の期間にもお手伝いしてるんだ」

「朝ボランティアって何？」

「えっとね、朝のお掃除の手伝いとか、週に二回挨拶運動してるよ。宮嶺くんの学校には無かった？　腕章着けた子が校門の前で挨拶するの」

言われてみれば、前に通っていた小学校では高学年の生徒が校門の前で声掛けを行っていたような気がする。その一つ前の学校では清掃ボランティアの存在もあった。どうやら、この学校では児童会が両方の活動を行っているらしい。

「寄河さんは四年生からこんな朝早くに来てるの？　……凄《すご》いね」

「そんなことないよ。私の他にもやってる子いるし」

「でも、僕はこの時間に起きるのも大変で」

「分かるよ。私も最初の頃は目覚まし時計何個もつけてたんだけど、今は慣れちゃった」

そう言いながら景は、長い坂道を息も乱さずに登っていく。一度の早起きと慣れない坂道でへこたれている僕とは大違いだ。あまりに軽やかな足取りのお陰で、ランドセルが羽のように見える。ここから更に清掃のボランティアまでするなんて、正直僕には考えられない話だった。

「……でも、やっぱり凄いよ。寄河さん」

「そんなに褒められると照れちゃうな」

「あと、…………」

「どうしたの？」

ランドセルの肩紐《かたひも》をぎゅっと握って、言葉を探す。黒板の前に逆戻りしてしまったかのような気分になるけれど、人気者の景に話しかけられるのは今しかなかった。ややあって、僕は言う。

「……僕達は、会ったこと、ない、よね？」

景があ言うことで、僕をみんなの輪の中に入れてくれたのだとは分かっている。わざわざこうして指摘するのは、景の気遣いに水を差すような行為だ。けれど、何故《なぜ》か言わずにはいられなかった。

景は大きな目を優しげに細めて、僕のことを見る。そして言った。

「うん。勘違いだった。でも、宮嶺くんを見た時、どこかで会ったんじゃないかと思ったのは本当」

嘘《うそ》だ、と僕は思う。あのタイミングで声を上げた景は、明確に僕に助け船を出していた。その手管があまりに洗練されていたので、誰も気づかなかっただけなのだ。

「宮嶺くんと、どこかで会ってたらいいなと思ったのも本当」

僕が何かを言うより先に、景がそう言った。悪戯《いたずら》っぽく笑いながら、ひらりと景が僕の二歩前に行く。

「で、でも、本当に、ありがとう。僕、あのままだと多分大失敗してた」

しどろもどろになりながら、それだけ言った。魅力的な女の子に翻弄されていても、言わなければいけないことははっきりしていた。

「僕は友達作りとか上手じゃないし、あそこで微妙なことになってたら相当キツかったっていうか……。だから、寄河さんが居てくれて……」

つっかえながらも感謝の言葉を述べる。景からしたら大したことじゃないのかもしれない。けれど、昨日の僕にとっては、景の行為はあまりに大きかった。まともに目が見られない分、言葉を尽くしたいと思うほどに。

その時、僕の両頬に冷たい手が触れた。無理矢理上向かされた僕の目と、星の散る景の瞳が合う。遠巻きに見ても茶色の明るさが目立ったそれは、朝の光を浴びて白い飛沫《しぶき》を散らしていた。

「ちょっ……、よ」

「じゃあ、私と友達になろう？」

瞳の中にお互いの姿が映る距離で、景がそう言って笑う。思わずのけぞった身体がランドセルと一緒にひっくり返り、僕はそのまま尻餅をついた。「ちょっと、びっくりしたー」と一緒に差し伸べられた手は、やっぱりほんの少し冷たかった。

「………ちょっと、僕もびっくりしちゃって。その、僕なんかで良ければ」

その時、景が何かに気がついたように、にんまりと笑う。今まで見たどんな笑顔とも違う、嬉《うれ》しそうな笑みだった。

「ようやく目を見てくれたね、宮嶺くん」

その言葉を言われた瞬間、顔が真っ赤になった。それと同時に、手を握りっぱなしになってしまっていることにも気づいて、慌てて振り払う。

「ご、ごめん！」

「そんな勢いで振り払われると、ちょっと傷つく」

景は少しだけ口を尖《とが》らせてから、一息に坂を登り切ってしまった。急に引き離された僕は、また慌ててその背を追う。この上り坂さえ攻略してしまえば学校はもう少しだ。遠目に校門が見えるのを残念に思ったことは覚えているのに、この時自分が景とどんな話をしたのかは少しも覚えていない。贅沢《ぜいたく》でありがちな話だ。僕は、僕を見つけてくれた景のことだけを覚えている。

景とは昇降口で別れることになった。景はこのまま校庭で児童会メンバーと合流するらしい。僕は上履きに履き替えて職員室だ。

「それじゃあ……色々とありがとう、寄河さん」

「景」

「え？」

「だって、みんな景ちゃんとか景とか、寄河って呼ぶのに『寄河さん』って。そこで特別になっちゃうよ」

「特別に、って」

ならこっちの方がいいんじゃない？　と言われれば、僕に選択肢は無かった。たっぷり時間を掛けてから、僕は初めて彼女の名前を呼んだ。

「景。……また、教室で」

「うん。それじゃあ、また教室でね」

景は満足そうに頷くと、ひらりと身を翻し、ランドセルを揺らしながら去って行った。僕は波に全部を攫《さら》われたような気持ちで呆然《ぼうぜん》とその背中を見送る。そして、シュシュの青が見えなくなるまでずっとそこに立っていた。一人ぼっちになった昇降口で、もう一度景の名前を呼んだ。

そして、呼び慣れないその名前を酷《ひど》く大切なもののように抱きながら、職員室に向かった。

2

それからはもう登校時間は被《かぶ》らなかった。景は児童会の仕事で毎朝早くに登校していたし、朝に弱い僕は朝の会にギリギリ間に合う時間に登校するようになったからだ。必然的に僕と景の接点は無くなった。かといって景が僕のことをまるきり忘れてしまったわけではない。むしろ、景は僕のことをずっと気にかけてくれていた。

出来上がった集団の中に入るのが苦手な僕の為に、景はさりげなくサポートをした。グループ分けの時に上手く入れるようにしてくれたり、あるいは孤立する僕に話の先を向けてくれたり。景の凄いところは、そういった気遣いを気遣いに見せないところにあった。本当は景が促してくれているだけなのに、クラスメイトは自発的に僕を誘ったり、僕に話しかけたかのように錯覚する。

そのお陰で、僕は少しずつクラスに馴染み始めた。何となくよく喋《しゃべ》る友達のようなものも出来始めて、ゴールデンウィークを過ぎた頃には、僕は『元々クラスに居た地味な生徒』の立ち位置を手に入れていた。僕がその椅子を手に入れられたのは、間違いなく景のお陰だ。

景はクラスの中心に居ながら、その全員を等しく大切にしていた。思い返せば、景の役割は一介の小学生ではなく、先生か何かに近い。クラスには景の他にも、仕切り役の女の子である氷山《ひやま》さんや、ガキ大将タイプの根津原が居たけれど、寄河景の役割はもっと独特なものだった。基本的に景はみんなと等しく仲が良かった。

景はみんなを愛していたし、みんなも景を愛していた。彼女はいつだって好意の膜に巻かれていた。陽だまりの中で彼女が微笑む度に、教室内の空気が調整される。景はクラスのサーキュレーターだった。

思えば、この頃から景の特異性は際立っていた。

例を挙げよう。例えば、五年二組には、およそ多数決というものが存在しなかった。

何かを決める時、役割を割り振る時、集団では少なからず意見の対立が起こる。そんな時に一番オーソドックスな解決方法が多数決だろう。

けれど、あのクラスでそれが行われたことは一度もない。ただの、一度もだ。委員会を決める時は、三十四人の生徒が綺麗に定員数通りに分かれた。みんなが成熟していて、各々空気を読んだ？　そうじゃない。僕のクラスは相応に揉《も》め事《ごと》もあったし、子供らしくくだらないおまじないや都市伝説が流行《はや》っていた。緑のペンでノートに四葉を書いて成績アップとか、好きな人から消しゴムをもらえば両想《りょうおも》いとか、Youtubeの呪いの動画や夕暮れの人さらいを信じていた子供達が、特別賢かったわけもない。

それでも、五年二組は統率が完璧に取れていた。

それだけじゃない。合唱祭の曲も対抗案すら出ず一発で決まった。全員が諸手《もろて》を挙げて文化祭ではジャズ喫茶をやろうと言い出すことがありえるだろうか？　殆どの人間がジャズなんか聴いたこともなかったのに？

けれど、五年二組ではそういう奇妙な出来事が起こり続けた。

「今回もちゃんと決まったね。みんなで一緒に頑張ろう！」

その度に、学級委員として教壇に立った景が笑顔でそう言った。

仲が良いクラスの偶然の奇跡。ただし、今の僕はその魔法の一端を知っている。

「宮嶺くんは身の回りがきちんとしてるよね」

委員会決めの少し前に、景は僕にそう言った。景がそう褒めてくれたことが嬉しくて、しばらくその言葉が忘れられなかった。今考えれば、僕は特別きちんとしているわけじゃない。景が言ってくれたのだから、僕はそういうところがちゃんとしているのかもしれない。これが自分でも気づかなかった美点なのかもしれない。

そして僕は委員会決めの時に、美化委員に立候補した。対立候補は他に現れず、僕はそのまま美化委員になった。女子で美化委員に立候補したのは谷中《たになか》さんだけで、彼女もそのまま美化委員になった。

今だから分かる。僕だけじゃなかった。景は全員に同じことをしたのだろう。茅野《かやの》さんが飼育委員になったのも、根津原が体育委員になったのも、井出《いで》くんが学級委員だったのも、全部景に言われたからだ。委員会は景によって予《あらかじ》め振り分けられていたのだ。勿論、誰一人として無理強いされたわけじゃない。景に自分の資質を見抜いてもらえたのが嬉しくて、それに応えただけなのだ。

景がこれが良いと言う合唱曲だって、みんな心の底から気に入っていた。景に薦められた『Fly With the Wind』はジャズをまるで知らない僕にも格好良く聞こえた。

自由意思というものについて考える。五年二組の人間は一人残らず景に誘導されていた。しかし、それに導かれた僕らはそれをこの上なく喜んでいた。そこに自分達の意思が無かったと本当に言えるだろうか？　僕らは景に導かれることを選んでいたのだろうか？　今となってはもうよく分からない。

3

転機が訪れたのは、校外学習の日のことだった。

僕達の通っていた小学校では、毎年十一月の末になると校外学習が行われる。校外学習とは言っても、遠足の延長のような小さな行事だ。電車で二駅のところにある自然公園に行き、適当な場所を選んで写生をするだけ。

僕らの校外学習は曇り空の中で行われた。そうして、全学年が日にちをずらして行う恒例行事だから、校外学習はそうそう中止にはならない。他の学年に影響が出るといけないので、多少天気が悪くても敢行される。灰色の空の下は肌寒く、僕を含めて生徒のモチベーションは一様に低かった。

それでも、この校外学習は楽だった。この行事に限っては一人でいてもそこまで不自然じゃない。景のお陰でクラスに馴染みはしたけれど、やっぱり僕は一人で居ることの方が楽だった。

集合場所から遠く離れた場所で、変な形のベンチを描いた。お世辞にも上手いとは言えない絵だったけれど、笑われるほど酷くもない出来だ。

絵を描き終えてもなお、時間は三十分ほど余っていた。ぶらぶらと自然公園を散歩し、辺りを見回す。こんな天気だからか遊んでいる子供も少なくて、公園は奇妙に閑散としていた。空は灰色を越して黒く染まり始めている。残っていた子供たちも、親に連れられて足早に去って行く。

泣いている少女をあやす景を見つけたのは、そんな時だった。

景は少女と同じ目線に屈《かが》みこむと、やけに大きな身振り手振りで話をしていた。景の話を頷きながら聞く少女の顔が、徐々に明るいものになっていく。やがて、少女は目を擦りながらも手を振って去って行った。

その一連を、僕はぼうっと見つめていた。景が魔法のように人を落ち着かせる様を見たのは、何もこれが初めてというわけじゃない。ただ、自分の画材道具や絵筒を地面に着けながら少女の相手をする景は、灰色の空と反比例するかのように美しかった。

どう声を掛けようか迷っている間に、景がスカートの裾に着いた土を払いながら立ち上がった。くるりと回り、世界の視点が僕の方を向く。そして、景は驚いたように目を見開いた。

「わ、びっくりした。どうしてここに居るの？」

にんまりと笑う景の笑顔を見て、僕は投降するような気持ちで彼女に近づいていった。

「……その、早く絵が描き終わったから。別に、景の後を付いてきたわけじゃないんだけど」

「見てたなら声掛けてくれれば良かったのに。言っておくけど、私はずっと前から気づいてたよ」

嘘だろうか？　景はあの少女から少しも目を逸らしていなかった。けれど、景がそう言うならさもありなん、という感じもした。見惚《みと》れていた気まずさを押し隠しながら、僕は尋ねる。

「あの子は……」

「凧揚《たこあ》げに来てたんだけど、トイレに行っている間に、置いといた凧が無くなっちゃったんだって。今日、意外と風が強いから飛ばされちゃったのかもしれないね。幼稚園で作った大事なやつだったらしいんだけど」

「でも、景が泣《な》き止《や》ませたんだ」

「そうそう。万物流転と諸行無常を説いてね」

「嘘だ」

間髪入れずにそう言うと、景は楽しそうにからから笑った。彼女があの子にどんな魔法を使ったのかは、二人だけの秘密らしい。

「それにしても奇遇だね。描きたいものが見つからなくて彷徨《さまよ》っていた私を見つけるなんて。私達、実は本当に相性がいいのかも」

「そ、そんな」

嬉しそうに言う景から思わず目を逸らすと、視界の端に、赤と黒で構成されたけばけばしい物体が見えた。

「あれ？　あそこのやつ、あの子が言ってた凧じゃないかな？」

僕が指さしたのは『整備中』の札が飾られた大きな滑り台だった。階段を上ったところの出発部には、細い組み木で作られた籠のようなドームが形作られている。件《くだん》の凧は、その籠の網目のところに引っ掛かっていた。

「よかった、取ってくるよ。公園の事務所に届けたら、あの子の手に戻るかも」

そう言って滑り台に登る景を、僕は止めなかった。

整備中の看板が見えていたはずなのに、景が何かを失敗するところが想像も出来なくて、ただ暢気《のんき》に景の姿を見上げていた。凧を無事に取り終えた景が、僕の方を振り返る。そして、彼女が手摺《てすり》に体重をかけた瞬間、軋《きし》みと共に鈍い音が響いた。

しばらくは何が起こったのか分からなかった。

気づけば景は僕の横に倒れていた。景の周りには割れた木材が散らばっていたけれど、まず自分と景がぶつからなかったことに安堵《あんど》した。そうなったら、きっと大変なことになっていたはずだ。

「景、大丈夫？　景……」

そう言いながら、景のことを助け起こす。そして、戦慄した。

景の右目蓋には、獣に引っ掛かれたような一筋の傷が付いていた。抉《えぐ》れた肉の端には裂かれた布のような皮膚がこびりついている。それをじっと見ている暇も無く、鮮血がじわじわと傷を覆い隠してしまった。景の白い手が目を押さえると、指の間を通って手の甲に血の河が出来た。ぬるりとした感触に驚いたのか、景が小さく息を呑む。僕は殆ど恐慌状態で叫んだ。

「景！　――どうしよう、どうしよう、景、早く戻ろう」

「足……」

「え？」

「足、痛い……」

血の河を肘まで延ばしながら、景は小さく言った。

「僕が背負って行くから！」

でも、と力無く言う景を強引に背負うと、景がぎゅっと両手に力を込めてきた。それに合わせて、僕もしっかりと景のことを抱え直した。

そこから先はよく覚えていない。肩口は景の流した血でじっとりと濡れていた。顔から血を流した景を見た瞬間、先生を含めたみんなが騒然とした。何しろ相手はあの寄河景だ。すぐさま救急車が呼ばれ、僕は景と引き離され、別の救急車に乗せられた。

何があったのかを尋ねられても、僕はまともに話せなかった。何の傷も負っていない僕よりも、酷い怪我《けが》を負った景の方が整然と事情を説明したらしい。凧を取ろうとして整備中の遊具に登り、怪我をした。動けなくなったところを宮嶺くんが背負って連れてきてくれた、という一連の流れを。

救急車の中で、僕は立派なことをしたね、と褒められた。両親以外から褒められることなんて滅多にないことだ。そのことが、僕の心を打ちのめした。僕はそのまま景と一緒の病院に運ばれたが、当然ながら僕は何ともなく、様子を見られただけで診察は終わった。

「景はどうなったんですか」

診察室から出る寸前、僕は医師にそう尋ねた。足は捻挫、角膜に傷は無い。安心出来る結果だった。景を背負って戻ってきた僕のことを、医師も褒めてくれた。

「でも、女の子なのに顔に傷がつくなんて可哀想《かわいそう》に」

思わず出てしまった言葉なのだろう。景はとても綺麗な顔をした女の子だったから、尚更《なおさら》口を衝《つ》いて出てしまったに違いない。けれど、その言葉で罪悪感は一線を超えた。

僕がいけなかったのだ。あそこに登る景を止められたのは僕だけだった。

景が怪我をしたのは僕の所為《せい》だ。

それから一週間経《た》っても、景は学校に来なかった。

景の怪我は命に別状はないものだと聞かされていたから、なおのこと心がざわついた。教室も景の話題で持ち切りで、頭を打って意識不明だとか洒落《しゃれ》にならない噂《うわさ》まで流れてしまっていた。かといって、僕が景のことをあれこれ話すわけにもいかない。

悩んだ末に、その日の放課後、僕は景の家を訪れた。『寄河』の文字が刻まれた黒い表札の前で深呼吸をする。玄関の前には古新聞を入れておく為の木製のケースや、学校で育てさせられたパンジーの鉢が並んでいた。景が育てただけあって、綺麗な花だった。

数秒見つめてから、インターホンを鳴らす。

追い返されることも覚悟していたのに、僕はあっさりと景の家に通された。

よく片付いた家だった。リビングには景の写真が至る所に飾られている。両親に抱きしめられて幸せそうに微笑む景や、子供服のモデルをしているきりっとした景を見て、幸せな家族なんだろうな、と思った。

お見舞い用のカステラを景のお母さんに渡すと、校外学習でのことと合わせてお礼を言われた。気まずくなって目を逸らすと、景の部屋の前に連れられた。

「……景？」

「入っていいよ」

扉越しの景の声は沈んでいるのに、それでもよく響いた。

恐る恐る中に入ると、ベッドの上に景を見つけた。こちらに背を向けて、窓の方を眺めている。そのまま、景が口を開いた。

「お見舞い来てくれてありがとう。……宮嶺くんにはちゃんとお礼言わなくちゃいけないと思ったから……」

「……その、大丈夫？　みんな景が学校に来るの待ってるよ」

「行けないよ」

　その言葉と共に振り向いた景は、右目を白い包帯で覆っていた。それを見た瞬間、公園での血の臭いを思い出す。

「……行けないよ。私、今気持ち悪いから」

　景が右目の辺りに触れる。

「気持ち悪いって……」

「こんな顔、見られたらみんなに嫌われる」

　その声は痛々しく震えていた。そして、ハッと気づく。景は並外れて美しい顔をした女の子だ。景を初めて見た時、彼女に見惚れたことを思い出す。きっと今までも見た目を褒められることは多かったはずだ。

　その景が顔を怪我するというのは、どれほどの恐怖なんだろう。

　勿論、景の魅力は外見だけじゃない。それでも、手のひらを返されるかもしれない恐怖は人よりずっと感じてしまうはずだ。

「そんなことないよ！　みんな景のことを嫌ったりなんか――」

「これでも？」

そう言いながら、景の手がゆっくりと包帯を解いていく。包帯の下にあった白いガーゼまで取り払われると、目蓋の上から涙袋に掛けて縦に伸びる痛々しい傷が露《あら》わになる。赤いクレバスのようなそれは想像より容赦の無いもので、ぼろぼろと涙が出てきた。

「……ごめん、宮嶺くんにそんな顔させるなんて。やっぱり」

「そんなことない。景は、景はどんな風になっても綺麗だよ」

普段なら恥ずかしくて言えないようなことなのに、言葉が口を衝いて出た。景が虚を衝かれたように目を見開く。

「な、泣いてるのは、僕が情けないからで、あの時だって、僕が登ってればよかったんだ。そしたら、きっと景は無事だったのに。ごめん、本当にごめん」

本当なら、その傷は僕に与えられるべきだったのだ。何度時間を戻したいと思ったか分からない。ごめん、ごめんと何の意味も無い謝罪を繰り返しながら、せめて同じだけの傷をくださいと神様に祈った。

「みんなだって、絶対に嫌いになったりしないと思う。それでも、もし景のことを悪く言うような奴《やつ》がいたら、僕が戦うよ」

僕が言うには過ぎた言葉だったと思う。少なくとも、泣いて真っ赤な顔で言うような言葉じゃない。それでも言わずにはいられなかった。

その時、景がゆっくりと口を開いた。

「それじゃあ、宮嶺は私のヒーローになってくれる？」

寄河景がそう言ってくれた瞬間から、僕の余生が始まる。

これが自分の人生における最上の瞬間なのだと、幼いながらに確信していた。

「どんな時でも、どんな私でも、宮嶺が私を守ってくれる？　私の味方でいてくれる？」

「……うん、約束するよ。僕はどんなことが起こっても景を守る。味方でいる」

「それじゃあ、約束して」

傷を晒《さら》した景が、ベッドに座ったままこちらに手を伸ばしてくる。

「病める時も健やかなる時も」

「……それ、結婚式の時のじゃないの？」

僕が言うと、景は今日初めて笑った。絡めた小指は温かかった。あの感触を、僕は今でも覚えている。

翌日、教室の扉が開いて景が姿を現した瞬間、時間が止まった。

景は眼帯をつけた顔のまま、いつものように微笑んでいた。トレードマークのツインテールを彩っているのは細く赤いリボンで、それが白い眼帯と奇妙なコントラストになっていたことを覚えている。

クラスの全員が息を呑んで景のことを見つめていた。それは、右目を隠した彼女が痛々しかったからじゃないと思う。むしろ逆だ。景の姿は美しかった。

眼帯がこれほど引力のあるものだとは知らなかった。景を見た人間は、まずその眼帯を見てしまう。そして、そのすぐ傍《そば》にある左目の輝きに魅せられる。

景が口を開くまで、誰もが身じろぎすら出来なかった。

「おはよう、みんな」

その言葉で、みんなが我に返ったかのように動き出した。みんなが景に駆け寄って、口々に心配の言葉を口にする。それを受けて、景は安心したように小さく息を吐いた。そのことに気がついたのは、多分あの教室で僕だけだったと思う。

幸いなことに一週間も経つと、すっかり眼帯も取れた。キスが出来るほどの距離まで近づくと、辛《かろ》うじて傷の名残が見て取れるけれど、遠目から見ると全く気づかないほどになった。けれど、僕と景の約束はなおも消えることなく、景が死ぬまで僕が忘れることはなかった。

こうして、校外学習の一件から、僕の人生は大きく変わった。

僕が景の『ヒーロー』になったのと入れ替わるように、根津原あきらによる凄惨ないじめが始まったからだ。

それは校外学習の翌週から始まった。

最初は消しゴムだった。半分ほど使って小さくなったものだったから、きっと何かのタイミングで失《な》くしてしまったのだろうとその時は気にしなかった。

次は鉛筆だった。僕は学校に赤と青と緑のキャップを嵌《は》めた鉛筆を持ってきていたのだけど、赤いキャップの鉛筆が無くなっていた。

おかしいな、とは思ったけれど残りの二本は残っていたし、高学年はシャープペンシルの使用も許可されていたから気にしなかった。けれど、翌日にはそのシャープペンシルが無くなった。

教室の様子はいつもと変わらなかった。ただ、僕に起こることだけがおかしなことになっていた。それでも僕は、自分の身に起こったことを気にしないように努めていた。

そして三日目、真ん中から折れた鉛筆がペンケースの中に入れられたことで、いよいよ青褪《あおざ》めた。これが悪意でないと思い込むのは難しかった。誰にも見られないようにペンケースを閉めて、ノートを取らずに授業をこなした。

一個の消しゴムから始まった悪意はどんどん大きくなった。目を離す度に持ち物が無くなるので、僕はなるべく席から動かないようにしなければいけなかった。それでも、掃除の時間や移動教室などもあり、防ぐことは出来なかった。

思えば、この時点で誰かに相談していれば良かったのかもしれない。誰かに物を盗《と》られている。嫌がらせを受けている。ここで言えば、まだ対処してもらえたかもしれない。でも、言えなかった。

僕は教室の隅で談笑している景をちらりと見る。あの約束をした後も、僕らの距離はそう変わらなかった。ただ、たまに他愛ない会話をする時、前よりも景の声は優しく響いた。だからこそ、景にだけは知られたくなかったし、誰にも言えなかった。

その日は水浸しの教科書が机の中に放り込まれていて、僕は放課後こっそりそれを拭かなければいけなかった。乾いてボコボコになった教科書を携え、ポケットにシャープペンシルを入れて、僕は学校に通う。

冬休みが明けたばかりの頃、景がインフルエンザに罹《かか》った。

景はその冬初めての発症者で、担任もクラスのみんなも一様に景のことを心配していた。勿論、僕も例外じゃない。景のいない教室は一層冷たく感じられ、何だか凄く心細かった。いじめのことを景にひた隠しにしていた僕だったけれど、彼女の存在にこれほど救われていたんだな、と強く意識した。

クラスでは、誰が景に今日の分のプリントを持って行くかで盛り上がっていた。インフルエンザとなったら一週間くらい休むんだから、交代で持って行けばいいよと纏《まと》まっていく。本来は面倒な役割なはずなのに、相手が景であるだけで、まるでイベントだ。

僕がお見舞いに行ったら、景は喜ぶだろうか。

そんなことをふと考えた。みんなが代わる代わるに行くなら、届けるプリントも無いのに。景は僕が行ったら喜んでくれるだろうか。熱が落ち着いたら、何か甘いものでも持って行くのもいいかもしれない。

その日の昼休み、僕は買って貰ったばかりのマフラーがカッターで切り裂かれて机に置かれているのを見つけた。今日の僕は給食の配膳当番で、どうしても教室を離れなくちゃいけなかったのだ。

いつもと違って、それは堂々とそこに置かれていた。こんなにあからさまにやられたのは初めてだからか、余計に心臓が跳ねる。

その時、机の前で立《た》ち竦《すく》む僕に、わざとぶつかってきた人間が居た。

「邪魔なんだよ」

ニヤつきながら、根津原あきらがそう言って笑う。その瞬間、僕を悩ませていたいじめの首謀者が根津原であることを知った。背中を悪寒が走り抜け、足が竦む。

根津原は僕にあからさまな敵意を向け、不快そうに睨《にら》んでいた。押された僕は助けを求めて周りを見たけれど、クラスメイトは一様に目を逸らしていた。

確かに、僕はそうクラスで好かれているわけじゃなかった。僕に話しかけてくる人は殆どいなかった。けれど、ここまで露骨に無視されたのは初めてだった。どうして、と小さく言う僕の声が、空疎な教室に反響する。

「調子乗んなよ、宮嶺」

根津原がそう言って、もう一度僕を押した。僕の身体は机を巻き込んで倒れる。冷たい床の感触も、感じる痛みも、何だかどれも現実味が無かった。

景の存在に救われていた、というのは間違っていなかった。それが想像よりずっと切実な話だったというだけだ。普段とはうって変わってあからさまになったいじめ。その要因として考えられるのは一つしかなかった。

僕が景にいじめのことを隠そうとしたように、根津原もまた、景にいじめのことを隠していたのだろう。

ひくりと喉を鳴らして、僕は根津原を見上げた。

景がいない一週間は地獄だった。

お見舞いには結局行かなかった。そんなことを考えている余裕すらなかった。この寒空の中、バケツ一杯分の水を浴びせられて、まともな思考能力が残るはずがない。根津原は景がインフルエンザで休んでいる間を好機と捉えたのか、今までよりずっと派手ないじめを行うようになった。クラスメイトは僕をいないものとして扱い、僕が教室の隅で殴られるのを止めなかった。

「お前女みたいな顔してるしさ、キモイんだよ」

髪を引っ張りながら、根津原がそう吐き捨てる。逃げようにも、僕の両脇は根津原と仲の良い佐村《さむら》と大井《おおい》で塞がれている。何か言おうとした僕の腹を、根津原が思い切り蹴って僕はえずく。どうして自分がこんな目に遭うのか分からなかった。ランドセルに詰め込まれたゴミと、鼓膜に詰め込まれた「死ね」の言葉で僕はただただ泣いた。

それなのに、寄河景が登校してきた瞬間に全てが終わった。

ふわふわの耳当てとピンク色のマフラーをした景が教室の扉を開けた瞬間、全部が変わったのだ。

「みんなおはよう！……久しぶりだね。なんか凄く長かった気がするよ」

そう言って、景がへらりと困ったような笑顔を浮かべる。それに合わせて、クラスメイトたちがワッと景の周りに集まった。大丈夫だった？　寂しかった、という言葉に対し、景が明るく応じていく。根津原も明るく「心配してた」と声を掛けていた。

それを見ていると、何だか今までのことが全部夢だったんじゃないかと思った。服の下にはまだ消えない痣《あざ》があるのに。景が来たことで、世界が正しい形に戻っていく。

彼女が戻ってきた途端に、今までのことが全部嘘だったかのように、目に見えるいじめは止んだ。僕を無視していたクラスメイトは元通り話してくれるようになり、根津原に暴力を振るわれることもなくなった。相変わらず物が無くなったりはしたけれど、あくまで景にバレない程度の、ささやかなものに収まった。このままいじめは沈静化するんじゃないかと、そう思ってしまうくらいだった。

だからこそ、僕が六年生になり、寄河景と別のクラスになったことがどれだけ大きな影響を与えたかは、簡単に想像出来ると思う。

4

六年生になり、景とクラスが離れた。それなのに根津原やその取り巻きは僕と同じクラスになった。酷い采配だ。隣のクラスになった景が残念そうに手を振って、僕は景が居なかった一週間に放り込まれる。

もう景が戻って来ることはない。僕は日常的に無視され、根津原たちに暴力を振るわれるようになった。担任は前のクラスと同じく間山《まやま》先生だった。だからなおのこと悪かった。クラスを円滑に運営する為には、僕を見殺しにする方がよっぽどマシだったのだ。

「何で、」

根津原に向かって、たった一度だけそう尋ねたことがある。何で僕だったのか。何で僕をこんな目に遭わせるのか。一瞬、これは景を傷つけたことへの罰なんじゃないかとすら思った。でも、景は僕が怪我の原因だとは言わなかった。あの怪我で僕を罰してくれる人間はいない。根津原は柔和さすら感じさせる笑みのまま、冷たく言った。

「何でじゃねえよ」

根津原の暴力はどんどん先鋭化していった。

僕達が通っていた小学校はスマートフォンの持ち込みが部分的に許可されていた。中学受験をする生徒が、放課後そのまま塾に向かうケースが多かったからだ。勿論、放課後以外の使用は禁止され、見つかったら没収されるという厳しい条件付きではあった。けれど、そんなルールはまともに守られていなかった。先生の見ていないところで、みんなはスマートフォンを自由に使う。賢《さか》しい彼らは授業中に着信音を鳴らすこともなく、それを効果的に利用した。

僕と根津原もメッセージアプリ上では〝友達〟だった。景と同じクラスだった頃、彼女はクラスの全員が連絡先を交換するように促した。だから、メッセージのやり取りをしたことがなくても、僕には五年二組の全員と繫《つな》がっていた。

六年生に上がってから一ヶ月が過ぎた頃、根津原からメッセージが初めて送られてきた。

何処《どこ》かに提出されるのを恐れてでもいるのか、根津原は『死ね』や『学校来るな』という言葉を残る形では僕に送ろうとしなかったのだ。そんな根津原から初めて送られてきたのは、とあるブログのURLだった。説明も何も無い。その時点で、何だか嫌な予感がした。そのURLをタップするのにすら数分を掛けた。ぐるぐると回る読み込みアイコンを、固唾を飲んで見守る。

ややあって、テンプレートを使ったシンプルなブログが表示された。

『蝶《ちょう》図鑑』と名付けられたそのブログには、人間の手の画像だけが淡々とアップされていた。

写っているのは手首より下と背景だけで、本来なら個人が特定出来るような写真じゃない。けれど、僕はその手が誰のものか分かる。

何故なら、それは僕の手の写真だからだ。

それを認識した瞬間、反射的に胃液が込み上げた。

それは掃除の時間に水を掛けられた時の僕の手の写真だ。それは太腿《ふともも》にボールペンを刺された時の僕の手の写真だ。服を全部脱がされて体育倉庫に閉じ込められた時の僕の手の写真だ。背中を踏まれながら必死で外に伸ばした僕の手だった。

だから『蝶図鑑』なのだ。採った獲物を標本箱に詰めて晒している。酷いネーミングセンスだった。ルーツが分かりやすいだけに最悪だった。自分に両手が付いていることが急に気持ち悪くなった。

流石《さすが》に僕の顔写真を載せるのはまずいと思ったのだろう。すぐバレるだろうし、問題になりやすい。けれど、手しか写っていない『蝶図鑑』なら、バレにくい。

プライバシーの侵害でブログを通報しようにも、手の写真を載せているだけで削除がされるものだろうか？　そもそも、この手が僕のものだと分かるのは、根津原たちと僕本人しかいないのだ。あまりに上手いやり方だった。僕はそこで初めて、悪意というものの底知れなさを知った。

僕は画面の中の僕の手に触れる。タッチパネルの生暖かさと相まって、あの時の自分の手に触れているかのようなおぞましさがあった。そこで僕はいよいよ吐いた。吐きながらも、そのページを消すことだけは忘れなかった。こんなものを両親に見せるわけにはいかなかった。

いきなり嘔吐《おうと》した僕を、両親は優しく撫《な》でて白湯《さゆ》を飲ませてくれた。あれだけ忙しいのに、二人ともが半休を取ってくれた。だからこそ、本当のことなんて言えるはずもなかった。

不幸中の幸いと言うべきか、僕にはもう既に不眠症の兆候が出始めており、体調不良や食欲不振は不眠症が原因だと思われていた。実のところ小学生の不眠症はそう珍しいものでもないらしく、不眠症の『原因』については触れられなかった。

貰った薬をこっそり捨てて、布団の中でぼんやり過ごした。不眠症が本当の苦しさを隠す為の隠《かく》れ蓑《みの》になってくれた。

翌日はちゃんと学校に行った。一睡も出来なかったお陰で足取りはふらふらしていたが、殆ど条件反射的に向かった。

「休んだらその分倍でキツい目に遭わせてやるからな」

根津原はそう釘《くぎ》を刺すことも忘れなかった。そんなことを言われなくても、僕はとっくに抵抗する力を失っていた。

こうして今日も蝶図鑑が更新されているのだ、自分へのいじめが悪意のある形で全世界に晒されているのだ。そう思うと、今までの何倍も辛《つら》くなった。いじめのクライマックスで鳴り響くシャッター音が、死刑執行の合図だった。

ただ、根津原の方も段々と異常をきたし始めていた。人間の魂を殺すような仕打ちを続けることが、本人に何の影響も与えないはずがない。その為に、根津原は進んで人の心を失っていた。何かに命じられてでもいるかのように、ルーチンのように僕を苛《さいな》む。そんなことを繰り返していたからか、最初のターニングポイントが訪れた。僕へのいじめが、寄河景にバレたのだ。

根津原を含む六人は、放課後になるとすぐさま僕を取り囲み、儀礼のように暴力を振るうのが常だったけれど、その日は誰一人僕のことを捕まえに来なかった。いつもなら、昇降口か教室の出入り口で必ず待ち構えているのに。ほんの少しだけ、このまま何事も無く帰れるんじゃないかと期待が過った。

すぐさま走って昇降口に向かう。その時、僕は廊下で、根津原の取り巻きの一人に出くわした。人一倍背が高く、痩せている彼は天野《あまの》、という名前だったはずだ。天野は一人きりで、取り巻きも根津原も居ない。天野は何故か怯《おび》えたような顔をして、小さな声で呟く。

「お前が、お前の所為で、寄河に——」

え、と言うより先に、天野は走り去って行ってしまった。一体どういうことだろうか。咄嗟《とっさ》に、天野が走ってきた方を見る。そちらには体育館があった。隅の用具室は根津原のお気に入りの場所で、いじめによく使われていた。

嫌な予感で身体が震えた。本当なら、根津原に見つからないうちに帰った方がいい。そうすれば、今日のいじめからは逃れられる。けれど、僕の足は意志とは無関係に用具室に向かって走り出す。天野はさっき、景の名前を出したのだ。それはどういう意味だろう？

体育館に入って、用具室に向かう。一時間もしたらクラブの生徒がやって来てここを使う。何かが起こっていたとしても、その時に誰かが助けてくれるだろう。僕じゃなくてもいい。けれど、僕の足は止まらない。

用具室の中は暗かった。急いで電気を点《つ》けて、辺りを見回す。

奥に置かれている跳び箱が揺れているのが見えた。跳び箱の上にはバレーボール用のポールや、ボール用の空気入れが載っていた。嘘だ、と思いながらも駆け寄ってそれをどかす。そして、殆ど泣きそうな声で叫んだ。

「景！」

一段目を投げ捨てるように外し、中を覗き込む。

「……宮嶺」

気丈なる寄河景は目元を真っ赤にしながらも、泣いていなかった。今にも漏れ出てしまいそうな悲鳴を抑えるかのように、唇をしっかりと噛《か》んでいる。潤んだ両目が驚きで開け放たれて、しっかりと僕のことを見つめていた。

「約束守ってくれたんだね」

「こんなの助けた内に入らない」

「そんなことないよ。流石私のヒーローだね」

あはは、と笑い声を上げた瞬間、景の目からぽろっと涙が零《こぼ》れた。そのまま、景の声から呻《うめ》き声が漏れる。

「私、止められなかった」

「は、」

「根津原くんに言ったんだよ。宮嶺に酷いことしてるんじゃないかって。そうだとしたら、すぐやめて欲しいって。そうしたら、根津原くん怒っちゃって……」

その時、僕は初めて事態を把握した。

とうとう僕へのいじめが景にバレてしまった。

そして景は、すぐさま根津原に直談判《じかだんぱん》しに行ったのだろう。まるで合唱曲やクラスのスローガンを決めるかのような愚直さで立ち向かっていったに違いない。けれど、景の魔法は今回ばかりは効かなかった。あれだけ景のことが好きだったはずの根津原も、今回は景の言うことを聞かなかった。

「……根津原くん凄く怖くて。私が宮嶺の名前を出すと一層怒って。……やだって言ってるのに、私をここに閉じ込めて」

全部の点が繋がっていく。

根津原が執拗《しつよう》に僕を虐《いじ》めている理由も、今まで景がみんなを華麗にまとめ上げることが出来た理由も、景の魔法が今回ばかりは効かなかった理由も、全部同じなのだ。分かってしまえば単純な話だった。

根津原あきらは景のことが好きなのだ。景を背負って帰って来た僕は、根津原にとって嫉妬の対象だったのだろう。本当は根津原だって景を助けてあげたかったに違いない。

けれど、そうじゃないのに。僕がやってしまったことは、それとは正反対のことだ。なら、これは僕に相応《ふさわ》しい罰なのかもしれない、と遅ればせながら思う。待ち望んでいたはずの罰が苛烈過ぎることに折れかけている僕は、何処までも卑怯《ひきょう》な人間なのかもしれない、とも思う。

罪悪感と苦痛と自己嫌悪で叫び出しそうになりながらも、僕は景の手を取った。今やるべきことは、ここで蹲っていることじゃない。

「景、このまま根津原と鉢合わせたらまずいことになるかもしれないし……早く出よう」

「うん」

今ここで根津原達と鉢合わせることが一番最悪なパターンだった。景の手を離さずに、祈りながら外に出る。校門を出て、坂に差し掛かるまで、僕らは何も言わなかった。

そして、家の近くの三叉路《さんさろ》に差し掛かった瞬間、うわああああん、と子供のような声を上げて景が泣き始めた。

翌日、根津原は景のことについて触れなかった。どうやら彼の中では、景は勝手に跳び箱の中から抜け出したことになっているらしい。いくらなんでも小学生の女の子があそこから脱出出来るはずがないのに。

けれど、そう信じたかったのだろう。頭に血が上って景を閉じ込めてしまった根津原は、後々後悔したに違いない。だからこそ、景が簡単に抜け出したというシナリオを採用した。自分が彼女に酷いことをしたと思いたくがないが為に。

僕の日常は変わらず、今度は僕の方が縄跳びで縛られた上で跳び箱の中に閉じ込められた。無理な体勢で飛び箱の中に閉じ込められるのは相当苦しく、一時間ほど閉じ込められている間、僕はずっとえずいていた。

「鶏って砂食べて胃を治すらしいぞ」

根津原が笑う。跳び箱から出た後は砂を舐《な》めさせられた。今度はえずくだけではなく、校庭に嘔吐した。

手の写真を撮られてようやく解放されると、酸欠気味の脳味噌《のうみそ》のまま昇降口に向かう。あの息苦しさを景も味わったのかと思うと、更に罪悪感でいっぱいになった。

最近の僕は、靴を捨てられないように、職員側の下駄箱《げたばこ》に隠していた。こんなせせこましい対策ですら、僕にとっては重要だった。汚してしまった、で両親にねだるのにも限界がある。

けれど、隠しておいたはずの運動靴は無かった。まさか、この隠し場所も根津原達にバレたのか。そう思って暗澹《あんたん》たる気持ちになっていると、不意に背後から何かが差し出された。

「はい、これ宮嶺の靴」

そう言って、景が綺麗なままの靴を差し出してきた。

「今日、職員用の下駄箱を事務員さんが綺麗にするって言ってたから、見つかったら大変だと思って。掃除の時間にこっそり私の下駄箱に移動させておいたんだ」

滑らかで高過ぎない、奥から響く景の声だ。景から靴を受け取りながら、僕はまじまじと夕日に照らされた彼女のことを見る。

「……ごめん。ありがとう」

「どうして宮嶺が謝るの？　悪いのは靴を勝手に捨てるような人たちだよ」

景は不快そうな顔でそう言ったけれど、僕はまともに彼女の目が見られなかった。僕のいじめが続いていて、今でも僕が靴をあちこちに隠さなくちゃいけない状態であることが景に知られていたのが恥ずかしかったのだ。

いじめを景に見られている。そのことを意識する度に、死にたくなるほど惨めになった。そんな僕の様子を見て取ったのか、笑っていた景の顔が段々と曇っていく。僕は小さく呟いた。

「……根津原は」

「あれから？　……朝に、児童会室に来たんだよね。それで、謝ってはくれたよ。でも、不思議だから聞いちゃった。私に謝れるなら、どうして宮嶺には謝れないの？　って。

そうしたら、無視して行っちゃった。……分かんないよ。どうしてみんな宮嶺に酷いことするの？　理由を聞いたけど、私には結局分からなかった」

「……理由？」

「あれから、根津原くんはもう駄目だと思って、今度は周りのみんなに聞いたの。どうして宮嶺に酷いことするの？　って。でも、みんな全然答えられないんだ。答えられても、根津原くんがそうしてるからって。変だよね？　私は村井《むらい》くんや藤谷《ふじや》さんが宮嶺を虐める理由を聞いてるのに」

本当に不思議そうに景が言う。僕なんかはクラスの権力者が無視しろと言ったら無視をする、というのを当然の流れのように受け止めているけれど、景はそうではないらしい。人間は基本的には良い人なのだという性善説を、本気で信じているのだろう、と僕は思った。

「みんな流されているだけなんだよ……。宮嶺が憎いわけじゃなくて、根津原くんに引きずられてるだけ」

「……そうかもしれない。でも、仕方ないよ。……僕を庇《かば》ったら、今度はそっちが虐められるかもしれない、し……」

言いながら、僕は「そうだろうか？」とも思っている。

根津原に真っ向から挑んで行った景のように、それに対して反射で暴力を振るうことはあったとしても、ターゲットが移ることはあるんだろうか。もしかすると、根津原はこのまま僕が死ぬまで攻撃の手を緩めないのかもしれない。小学校を卒業して中学に上がっても、終わらないのかもしれない。

そう考えると、突然足元が覚束《おぼつか》なくなった。目の前に景が居るのに泣きそうになってしまう。景のヒーローになる、なんて恥ずかしいことを言ってから、僕はどんどん落ちぶれていくみたいだ。

「……じゃあ、靴ありがとう。また」

泣き出すところを景に見られないように早口でそう言うと、僕は夕焼け染めのタイルの上に靴を放った。殆どつっかけるようにしてそれを履いた瞬間、有無を言わせない口調で「待って」の声が掛かった。さっさと行ってしまえばよかったのに、その声一つで僕は金縛りにあったかのように立ち止まった。

「蝶図鑑、見たよ」

景は厳しい口調のまま、はっきりとそう言った。本当はさっきからこの話をするタイミングを窺《うかが》っていたのだろう。でも、その単語を聞いただけで背筋が寒くなった。

「昨日は言えなかったけど、私はあのブログの話を聞いたから、気づいたの」

景は顔が広い。この学校で起こっていることは、遅かれ早かれ彼女が知ることになる。けれどそこまで伝言ゲームが広がっているなんて。一体この学年のどれだけがあの悪意の塊を知っているのか。

突然喉の奥が絞られたように痛み、いよいよ目に涙の膜が張り出してきた。駄目だ。苦しい。

「……ねえ、宮嶺。このままじゃ駄目だよ。先生とかじゃなくて……もっと別の大人に助けを求めようよ。どんどん悪くなってるよ。このままだと、宮嶺が……」

「駄目だよ、そんなの……」

「根津原くんはもう止まらないよ。ね？　ちゃんと話せば、宮嶺のことを助けてくれる人はいるよ。私、宮嶺のことが心配なんだよ……何でもするから、一緒に戦おうよ」

「やめてよ、景、そんなこと言わないで……」

「宮嶺が言えないなら、私が動くしかないよ。私、どうしても宮嶺のことを——」

「やめてって言ってるだろ！」

自分でも驚くほど大きな声が出た。涙をぼろぼろ流しながらも、息荒くそう言う僕を見て、景が初めて怯《ひる》む。僕は大粒の涙を流しながら、ゆっくりと下を向いた。重力に従って、大きな水滴がタイルを濡らしていく。

「お願い。お願いだから……言わないで……」

「……宮嶺……」

「もし、景がこのことを僕の親とか、……警察とかに言ったら、僕はもう景と一緒に居られないよ……」

「どうして？　どうしてそんなこと言うの？」

「これ以上『可哀想』になるくらいなら……死んだ方がいい……」

寝不足の頭がガンガンと痛み、自分でも何を言っているか分からなくなっていた。景の顔が戦《おのの》きで歪んでいく。冷静に考えれば、景が正しいのだと分かる。けれど、僕の中の優先順位はすっかり狂ってしまっていて、まともな方向が見られない。もしいじめのことが明らかになったら、大人たちにあの蝶図鑑が見られてしまう。毎日急いでお風呂に入って隠している身体の傷も隅々まで晒されるだろう。それを想像しただけで無理だ、と思ってしまった。きっと僕は耐えられない。根津原に然《しか》るべき裁きが下る前に僕は死ぬ。

「……宮嶺は今、弱ってるだけだよ……。だから、そんなことを言い出すんだよ。よく眠れてないんでしょ？　だから、だから……」

「理由なんて分かってるよ。でも、これから先、僕がまともに眠れる日なんて来ない」

「ねえ、死ぬなんて言わないで。お願い、変なこと考えるのだけはやめてよ」

「だったら、もうこんな提案しないで。……僕に生きててほしいなら」

そうして、僕は踵《きびす》を返《かえ》して昇降口に向かった。今度は引き留められなかった。僕を追い詰めてしまったんじゃないかという負い目で動けなくなっているだろう景を思うと胸が痛んだ。けれど、それ以上に僕は自分を守るのに必死だった。泣き顔を隠す為に、公園に寄って何度も顔を洗った。そして、涙の跡が充血気味の目だけになってから家に帰った。

景からの提案を拒絶した僕は、それからも嬲《なぶ》られ続けた。いよいよ白昼夢の中に居るかのような視界で、暴力だけが降る。僕が助けを求めないので、誰一人助けてはくれない。

根津原は殆ど義務のように僕を虐め、僕はどうにかそれに耐えた。

そしてある日、僕は階段から蹴り落とされて、左腕の骨をぱっきりと折った。

その日の根津原はむしゃくしゃしていたのか、珍しく直接的な暴力を振るった。僕は腹を殴られて廊下に転がり、転がった姿勢のまま背中を蹴られて階段から落ちた。

寝不足が続いているお陰でまともな受け身も取れず、僕の身体は樽《たる》のようにごろごろと転がっていった。そして、踊り場の壁に叩《たた》きつけられてようやく止まった。

何より先に思ったのは「これでしばらく親の前でまともに服を脱げないかもしれないな」ということだった。あるいは素直に足を踏み外して階段から落ちたと言った方がいいかもしれない。背中に足の跡なんか付いてなければいいんだけど。そう思いながら、身体を起こす。

そして、激痛に気がついた。痛みの大元に目を遣《や》ると、僕の左腕があらぬ方向に曲がっているのが見えた。

今まで散々痛い目に遭わされてきたけれど、骨が折れたのは初めてだった。曲がってはいけない部分で曲がっている骨を見ると、本能的な恐怖に襲われた。このまま身体がバラバラになってしまうんじゃないかと思い、じわじわと涙が溢《あふ》れてくる。

けれど、何処かで一線を超えたような気もしていた。こんな目に遭ったのだから、根津原たちだって今日はもう赦《ゆる》してくれるんじゃないかと、今日のいじめはこれで終わりなんじゃないかと、そう期待した。痛みに浅い息を吐き、脂汗を流す僕は傍目《はため》から見ても惨めだっただろう。これ以上石を投げる必要なんてないくらいに。

階段の上に居た根津原たちが、ゆっくりと下りてくる。きっと根津原は悪態を吐《つ》きながらも僕を保健室に運び、僕に「自分で足を滑らせた」と言わせることだろう。最悪なシナリオだったが、それで終わるならそれで良かった。だって、折れた部分は途方も無く痛むのだ。

でも、そうじゃなかった。根津原は無表情のまま、ポケットから銀色のスマートフォンを取り出した。そして、僕を押し倒して位置を調整すると、いつものように写真を撮った。肘と手の中間地点でぱっきりと折れている僕の手の写真を。

それから思い出したように僕を立たせ、保健室に連れて行く。その後のシナリオは僕の想像した通りだった。僕は両親と保健室の先生に自分で落ちたのだと説明し、病院に行って手当を受けた。身綺麗なお医者さんが「若いからすぐくっつくよ」と笑い、僕のボサボサの頭を撫でる。

水中からその言葉を聞いているかのようだった。僕の意識はまだ踊り場に取り残されていた。お母さんが「大丈夫だからね、治るからね」とお医者さんに負けじと撫でてくれる。その感触すら他人事《ひとごと》のように感じた。車に乗って家に帰って、睡眠薬の代わりに痛み止めを飲んでベッドに入る。

そして、久しぶりに蝶図鑑にアクセスした。

初めて見た時より更に増えた写真たち。そのトップに、折れた腕の先についた僕の掌《てのひら》の写真が更新されていた。勿論、その写真は手首から下を切り取られているから、僕の痛みは少しも写っていない。

このブログにはご丁寧にアクセスカウンターが備え付けられている。それによると、今日はもう既に十二人の来訪者があったようだった。

それを見た瞬間、不意に笑いが込み上げてきた。

何で自分だけがこんな目に遭うのだろう。答えは簡単だ。根津原の不興を買ったからだ。不興を買ったのは、僕が寄河景を背負ってきたからだ。景のヒーローになろうとしたからだ。

でも今はもうそんなきっかけなんて些末《さまつ》なことに思える。根津原は僕を虐める為に虐めているのだし、僕はそれに耐えるしかない。

蝶図鑑を閉じて、痛む左腕をさすりながら無理矢理目を閉じた。当然ながら、まともに眠れなかった。

それでも僕は学校に行く。こんな思いをしてまでどうして通わなくてはいけないのか分からない。けれど、今思えば僕は目の前のルーチンに従う以外に生きる術《すべ》を持たなかったのだ。少しでも立ち止まっていたら、少しでも逃げ出していたら、そのまま僕は死んでしまっていただろう。

今だからこそ、逃げれば良かったのだと思う。誰かに助けを求めて、今の状況を変えなければいけなかったのだと思う。でも、それは今だからそう思えるだけの話だ。心が焼き尽くされて何にも残っていなかった残り滓《かす》の僕に、そんな思考力があるはずもなかった。もう逃げ出す段階じゃなかったのだ。逆に言えば、根津原が僕に自殺しろとはっきり指示してくれていたら、そう出来ていたかもしれない。

慢性的な寝不足だからか、強くなってきた日差しが目に染みて泣きそうになった。眼球に感じるぴりぴりとした刺激が鬱陶しくて、目を閉じてしまいたくなる。学校に行きたくなんかないのに、僕の足は僕の意志とは無関係に規則正しいリズムで坂を上がっていく。

カーブミラーの下に寄河景が立っていなければ、僕はそのまま無心で学校に向かっていただろう。けれど、射抜くような目で僕を待ち構えていた彼女を、無視することなんて出来るはずがなかった。

「……景……」

景は何も言わずに、三角巾で吊《つ》られた腕と僕の顔を交互に見た。ランドセルの革紐《かわひも》をぎゅっと握りしめながら、景が言う。

「根津原くん？」

景はそれ以上を言おうとしなかった。その名前一つで全部が済むと言わんばかりだ。いつも笑顔の景の顔が強張《こわば》っている。景が泣くことなんて何も無いのに、景は今にも泣きだしそうな顔で唇を噛んでいる。腕を折られたことよりも、景にそんな顔をさせなくてはいけなかったこの状況が恨めしかった。景が泣きだすのを止めようと、僕はたどたどしくも必死に言う。

「……だ、大丈夫、だから。もうそんなに痛くないし」

「折れた時は痛かったよね」

「そういうことを言いたいんじゃなくて……。その、根津原もここまでやるつもりじゃなかったんだよ。何か、僕も、うっかり落ちちゃって……」

「どうしてそんな言い訳みたいな話するの」

「いや、だから、こ、……んなの、ぜ、全然、へっ、……平気っ、だ、だか、……っく」

言いながら、僕の方が決壊した。鼻の奥がツンと痛くなり、目からじわじわと涙が溢れ出してくる。駄目だ。泣きたくなんかないのに。虐められて景の前で泣くなんて、どう考えてもヒーローのやることじゃないのに。みっともなくて恥ずかしい。でも、喉の奥から呻き声が漏れて、溜《た》まった涙がぼとぼとと溢れ出してきた。

「……け、景には、景っ、も、っううう、景に、っぐ、見られたくなかった、のに……」

震える舌が支離滅裂な言葉を紡ぎ出す。視界が滲んで、景の姿がぼやけた。苦しい、辛い。助けて、景。悲鳴に似た情けない言葉がぐるぐると脳内に渦巻いて離れない。屈辱と痛みで窒息しそうだ。

僕に呼吸を取り戻させたのは、折れていない右手に感じた温かさだった。気づけば、景がすぐ傍で僕の手を握っている。

景は小さくしゃくりあげながら、静かに涙を流していた。

潤んだ目の奥が燃えている。同じ泣き顔を浮かべているのに、寄河景は美しかった。万握られた手が痛い。景は僕に抱き着こうとするのを必死でこらえているようだった。

が一にも僕が痛がったりしないように。寄河景は距離感を弁《わきま》えている。

「もういい、宮嶺。大丈夫だから」

景は涙声で、でもはっきりと言う。

「あとは私に任せて」

一体何を、とは聞けなかった。僕は相変わらず汚い涙をぼろぼろと零していて、上手く言葉が紡げない。でも、何の詳細も分からないのに、景にそう言われると酷く安心した。お医者さんの言葉も、お母さんの言葉も届かなかったところに、景の言葉なら触れられる。

「私が宮嶺を守るから」

根津原あきらがとあるマンションの屋上から飛び降り自殺したのは、その一週間後のことだった。

5

根津原あきらは小学校から数キロほど離れた八階建てマンションの屋上から飛び降りて死んだ。あんなに恐ろしかった根津原があっさりと死んだことにまず驚いた。悪意そのものような顔をしていた根津原あきらも、屋上から落ちれば死ぬのだ。

そして、飛び降りの事実以上に話題になったのは、根津原の死体の有様《ありさま》だった。

「左目にボールペン刺さってたらしいよ」

飛び降り自殺を果たした根津原の片目には、何故か深々とボールペンが突き刺さっていたのだそうだ。

実を言うと、小学生の自殺はそう珍しいことではないらしい。けれど、前述の理由から、彼の死は事細かに調べられた。加えて、根津原あきらは誰から見てもクラスの中心人物であり、家庭にも問題が無く、死ぬ理由が見当たらなかったこともある。

根津原あきらは誰かに脅されて無理矢理飛び降りをさせられたのではないだろうか。そう考えられるのも無理は無かった。それでも、警察が犯人を捕らえることはなかった。

驚くべきことにというか、当然だと言うべきか、誰もが根津原あきらの行っていたいじめについて警察に話さなかった。根津原のいじめについて語ろうとすれば、自《おの》ずから自分が加担していたことも話さなくちゃならない。根津原に言われていたとはいえ、彼らはれっきとした加害者だ。中学受験を控えている生徒もいたから、尚更外に出すのは躊躇《ためら》われたのだろう。僕を虐めていたという事実は、彼らにとっては不都合な話なのだ。

当事者である僕が口を噤《つぐ》んだことも大きかったかもしれない。こうして根津原あきらは、ただの明るく元気な小学生としてこの世を去ることになった。

根津原の葬式で、僕らは小さな喪服を着せられて焼香を上げた。僕も根津原に向かって手を合わせた。その時どんな気分だったかは覚えていない。根津原あきらの母親は酷く取り乱していて、葬儀の間ですら泣き喚《わめ》き、途中で親戚たちに外へ連れ出されていた。残された父親の方だけが、気まずそうに目を逸らしていた。

学年代表として根津原あきらへのお別れの言葉を読み上げたのは景だった。

「根津原くんはとても影響力の強いクラスメイトで、みんなが根津原くんに引っ張ってもらっていました」

黒いワンピースを着ながら、よく通る声で景が言う。景がみんなの前で根津原の話をするのも、僕がそれを聞いているのも、何だか不思議な気分だった。景の様子は本当に根津原の死を悲しんでいるように見える。

「私が思う根津原くんは涸《か》れることのない泉でした。私達の間に淀《よど》みない流れを作っていた彼のことを、一生忘れません」

景が申し分の無い別れの言葉を読み上げ終わると、それに引きずられるように、クラスメイトの一人が泣き声を漏らし、葬式はつつがなく済んだ。悲しい出来事がありました。みんなが悲しんでいます。とても大文字で書いてあるかのようだ。

それでも僕は何処か信じられない気分だった。

根津原が死んだ。あんなに僕を苦しめていた根津原が。

僕は景が一礼するのを見る。その唇は固く引き結ばれていた。

けれど、僕はその口が「私に任せて」と言った日のことを覚えている。そのことを意識する度に心臓が早鐘を打った。


根津原が死んだことで、物事は劇的に動いた。動いた、というよりは止まった、の方が正しいかもしれない。つまり、あれだけ絶え間なく行われた僕へのいじめがぱったり無くなったのだ。

景の言う通り、みんなは根津原に従っていただけなのだろう。見て見ぬ振りをしていたクラスメイトに至っては流されていただけだ。流れを作っていた根津原がいなくなれば当然止む。

誰からも脅かされない学校生活は穏やかだった。もう誰も僕のことを痛めつけない。教科書も無くならない。それどころか、今まで僕のことを無視していたクラスメイトが普通に話しかけてくるようになった。内容は軽い挨拶や事務連絡程度のものだったけれど、それでも胸の奥にじわりと喜びが込み上げてきた。今までやられたことは消えないはずなのに、嬉しさを感じてしまう。それは、彼らが本当の意味で流されていただけだったからかもしれない。

たった一人の死で、僕は普通の生活を取り戻したのだ。

ただし、例の蝶図鑑だけは消去されることなく残っていた。恐らくあのブログを運営していたのは根津原一人で、他の誰もがＩＤとログインパスワードを知らなかったのだろう。その根津原が死んでしまった以上、もう誰もあれを削除出来なくなってしまったのだ。

管理者不在の蝶図鑑を消す為には、それこそ警察か何かの手を借りなくてはいけないだろう。逆に言えば、そうすれば消すことは出来ていたかもしれない。

けれど、僕は結局そうしなかった。こんな状態にあっても僕は自分のいじめを周りに知らしめたくなかったのだ。あのブログに留《と》められた蝶が宮嶺望であることなんて、他の誰にも教えたくなかった。だったら残っていて構わない。更新されないだけで、それは僕にとって救いだった。

今でも蝶図鑑の閲覧は可能だ。当時の僕の痛みの記録、凄惨な苦しみの記憶。僕は時々そこを見に行っては、あの時の絶望を追想する。そうして、どうにか立ち続ける力を得るのだ。ブログサーバーのサービス終了を願う日もあるけれど、今だからこそ根津原あきらの墓標、痛みの記録である蝶図鑑が消えなくて良かったとも思える。

ある意味、あれこそが僕達にとってのマイルストーンだった。僕にとってだけではなく、景にとっても長らくあれは特別なものであり続けたのだから。

そうして根津原が死んで、半年ほど経った冬の朝、景が僕の家のインターホンを鳴らしてきた。

「宮嶺、良かったら学校まで一緒に行かない？」

「あら、景ちゃん！　すっかり大人っぽくなったわねぇ」

僕が返事をするより先に、お母さんがはしゃいで景のことを迎えてしまった。見るからに浮かれた様子のお母さんを見られるのは恥ずかしかったが、景は慣れた様子で愛想良く応対していた。さっさと朝ご飯を済ませて、ランドセルを引《ひ》っ摑《つか》んで外に出る。

「おはよう」

「……児童会の声掛けは？」

「もう児童会も引退だから」

言われてみればその通りだった。僕も景も六年生だ。冬休みが終わればあっという間に中学生になる。

景は隣を歩きながら、まじまじと僕の顔を覗き込んだ。

「前より顔色がいいね。……良かった。その、もう大丈夫？」

その言葉には沢山の意味が含まれていた。もう辛いことは無いか、もう死にたいとは思ってないか。景の目は時折、口よりも雄弁だ。僕はその意図を汲《く》んで、ゆっくり頷いた。

「大丈夫。……景にも心配掛けたよね。ごめん。……その、僕あの頃よく眠れてなくて。その所為であんまり考えられてなかったんだ」

「今は眠れてる？」

「うん。……もう平気」

根津原が死に、いじめが収まってから、僕の不眠症はすっかり解消された。ちゃんと眠れるようになってからは体調も良いし、思考もはっきりとしている。睡眠不足が僕の精神状態にもたらしていた影響を思うとぞっとした。あのまま眠れない夜が続いていたら、本当に死んでしまっていたかもしれない。屋上から飛び降りるのは僕だったかもしれないのだ。

「こうして一緒に学校に行くの、久しぶりだね」

「うん」

「一緒に坂を登れなくなるのは、何だか寂しいよね」

「……うん」

それから僕と景は、本当にくだらない話をした。僕は景が児童会の役目を果たし終えたことを繰り返し褒め続けて、景は小さな子供にそうするように僕の話を聞いていた。そんな話で間を埋めれば、すぐそこに学校があった。靴を正しい下駄箱に入れる。もう誰も僕の靴を捨てない。

「それじゃあ、またね」

「……うん……」

そして、廊下で別れる瞬間、僕はようやくまともな言葉を口にした。

「景」

「……なーに？」

逆光の中で景が振り向く。長い髪が風に揺れて、ランドセルがガチャガチャと耳障りな音を立てた。両手を広げる景が、まるで羽化したばかりの蝶を思わせた。その姿を見た瞬間、息を呑んだ。

『蝶図鑑』のことを警察に言わなくてよかった、と心底思う。警察にいじめのことを知られるのはまずい。恥ずかしいからじゃなく、危険だからだ。

いじめのことを知られれば、一番最初に疑われるのは僕になるだろう。他のみんなは自分がいじめに加担していたことがバレるのが嫌で、口を噤んでいる。僕は本当に危ないところだったのだ。

警察は自殺と言いながらも、殺人の可能性も考えている。

根津原あきらが殺されたんだとしたら、虐められていた僕は一番の容疑者だ。これ以上に相応しい動機は無い。でも、僕は根津原を殺していない。簡単な引き算、単なる消去法だ。子供でも分かる。この世界でただ一人、同じ動機を持つ人間がいるとしたら。

核心に迫る言葉が出てこずに立ち尽くす僕に対し、景は笑った。

「宮嶺、黙ってたんじゃ分からないよ」

本当は聞きたかった。

――根津原あきらを殺したのは、君なの？

落ちただけではなかった。根津原の目はボールペンで刺し貫かれていたのだ。

景の右目と根津原の左目が一線で繋がっているような気がする。警察ですら意味が分からなかったあの傷の意味を、僕だけが知っているような気がする。呼吸が急に浅くなった。けれど、これを聞いて、一体僕らはどうなるんだろう？　ややあって、僕は言う。

「……景、……またね」

景は少しだけ驚いた顔をして、不意に顔を綻ばせた。

「うん、またね」

語尾が切なげに伸びて、冬の空気の中に消えていく。

こうして、たった一人の死と共に、僕らの小学校生活は終わった。

■第二章

1

文化祭開会式のステージなんて誰もまともに見ない。適当に流して、早く模擬店巡りの方に向かいたいと思っている。去年までの僕もそうだった。体育館は蒸し暑いし、流行りの曲をやらないバンド演奏なんか聴いても退屈だからだ。

けれど、景が指揮台に立った瞬間に空気が変わった。

景が優雅に一礼をすると、艶《つや》やかな黒髪が微かな音を立てる。

顔立ちにはまだ幼さが残っていたが、そこには何とも言えない存在感と気品があった。

景が指揮棒を振り下ろすと、優しいホルンの音が流れ出した。

あれからしばらくが経ち、僕は人より大分内向的な、それでも普通の中学生になっていた。

中学校に上がり、別の小学校の生徒たちと知り合うようになると、僕が虐められていた過去はすっかり忘れ去られていた。あの頃の僕らにとって一年というのは途方もなく長くて、不都合な記憶を押しやってしまう。

少ないながら友人も出来た。景と同じクラスではなかったけれど、穏やかなクラスに編成されたのも良かったかもしれない。

地獄のような小学生時代を考えると、信じられない変化だった。根津原が死んでから、僕の人生は決定的に変わった。あれからずっと夢を見ているような心地がする。不眠症は改善されたものの、悪夢を見て跳ね起きることは多々あった。その夢の中では僕はまだ根津原に虐められていて、蝶図鑑が更新されている。

あるいは、こういうパターンの悪夢もあった。

実際に見たことは無い何処かのマンションの屋上で、景がいつもの笑顔で根津原を追い詰めている夢だ。怯え切った根津原の目にはボールペンが突き刺さっていて、小さく震える様は弱々しい小学生にしか見えない。そんな根津原のことを、景の小さな手が無慈悲に突き落とす。そんな夢だ。

どちらの夢を見ても、僕は汗だくで飛び起きた。後者の夢を見た時は特に息が上がった。中学生の僕は、現実の世界で寄河景と会うよりも、夢の中で彼女と会う方が格段に多かったのだ。震えを抑えて、掌を天井に掲げる。それは今でも片羽を捥《も》がれた蝶を連想させた。

僕の心は未《いま》だに小学生の頃に囚《とら》われている。

割れるような拍手の音で我に返った。景の指揮した『微笑みの国セレクション』が終わり、景が再び一礼をする。指揮を終えた景は屈託なく笑っていて、大きな両目が細められると、途端に年相応に見えた。

中学に上がった景は、ますます美しい生き物になっていた。すらりとした肢体にはっきりとした目鼻立ち、胸の辺りで切《き》り揃《そろ》えられた麗しい黒髪。寄河景は、何処に行ってもよく目立った。中学に入学すると、景は吹奏楽部に入部し、一年生の終わり頃から先輩を余所《よそ》に指揮者として活躍し始めた。言うまでもなく、成績も上位をキープしている。妬みを受けてもおかしくなさそうなのに、不思議なことに景に対してそういった悪感情を向ける人間は全くいない。どういうわけだか、彼女はそういう醜い感情から一線を引かれていた。

「おい、宮嶺」

その時、隣に座っていた七城《ななしろ》がそう話しかけてきた。七城は何故か嬉しそうに笑っている。

「何？」

「お前今、寄河のこと見てただろ」

「……見てたけど」

「だよなー、あれは見るわ」

七城がさもありなんといった口調で頷く。まるでこの世の真理を看破しているかのような口調がおかしい。でも、今の寄河景は小学校の頃とはまた違ったスターとして中学校に君臨している。評価の定まった名作映画のようなものだ。愛の閾値《しきいち》を超えてしまって、みんな景が好きなのだと衒《てら》いなく言える。

だからこそ、中学に入ってから、僕と景と話すことは少なくなっていた。

小学生と中学生には明確な境がある。ランドセルを置いてますます美しくなった景と、平凡で目立たない人間になった僕とでは、有り体に言えば釣り合わなかった。

当然ながら、景を嫌いになったわけじゃない。今だって偶然会えば軽い言葉を交わすし、僕は相変わらず景のことが好きだった。

けれど、それだけだ。

僕はこちら側の人間だし、こうして喝采を受ける景はその向こう側に居る。それでいい。そんな僕の態度を察しているのか、あるいは単に人に囲まれ過ぎて僕に割く時間が無くなってしまったのか、景の方も僕に積極的に関わらなくなった。

僕に出来ることは、こうして学年行事で景のことを見るだけだ。部員たちが各々の楽器を持って立ち上がり、舞台袖に捌《は》けていく。景も指揮台から降りてその後を追う。

その時、不意に舞台の上の景がこちらを振り向いた。

景は大きな目をフッと細めると、にんまりと悪戯っ子のような笑みを浮かべる。その瞬間だけ喧噪《けんそう》が遠くなり、僕の息が早くなった。

「なあ、今さ、寄河がこっち見て笑わなかった？」

興奮した様子で七城がそう言った。

「まさか」

「マジで宮嶺って塩過ぎねえー？　夢を持とうぜ、夢をさぁ」

そう見えるのが、寄河景の凄いところなのだと思う。

誰にでも優しい寄河景が、自分にだけ目を合わせて微笑んでくれるのだと錯覚させるような、そういうところが。誰もが欲しがっている夢を与えるのが特別上手い。僕だって、その手管に絆《ほだ》されている。

もしかしたら、景は僕の為に人を殺したかもしれない。僕はそんな夢にとりつかれている。それすら、今日の笑顔のような錯覚かもしれないのだ。

──根津原あきらを殺したのは景なの？

結局、僕がその問いを景に投げかけることはなかった。

小学生の僕にとって、人が人を殺すというのはあまりに遠い出来事だった。それも、誰にだって優しいあの寄河景が行うだなんて思えなかった。しかも、僕なんかの為に。

景が神様に祈って、それで根津原に天罰が下ったと考える方が、よっぽどしっくりきた。それでも、繰り返し立ち現れる屋上の景は僕の中に色濃く残り続けた。

僕らが再び会話をするようになったのは、それから更に一年以上後、中学の修学旅行がきっかけだった。

景は定められてでもいるかのように生徒会に入り、吹奏楽部との兼ね合いがあったからか、書記を務めていた。それなのに、他校との交流会でスピーチをするのも、修学旅行で宿泊先に花束を渡すのも、何故か景の役割だった。景は忙しくて、僕とはまるでリズムが違う。

だから、修学旅行の二日目、自由行動の際に僕が景に出会ったのは、神様の悪戯のようなものだったのだと思う。

2

修学旅行で行った長崎で、僕は完膚なきまでに迷子になった。

きっかけは確か、皿うどん屋さんに財布を忘れたか何かだったはずだ。バス停で気がついた僕は、班のみんなに先に行ってもらい、店に戻って財布を回収した。そこまでは良かった。まさかそこからバスのダイヤが変わり、乗り込んだバスが反対方向に向かってしまうなんて思いもしなかったのだ。

気が付けば僕は待ち合わせ場所から遠く離れた、民家の多い通りに着いてしまった。もう一度地図とバスを確認して途方に暮れる。この調子だと、待ち合わせ場所よりもむしろ宿に戻った方がマシな状況だった。

果たしてどこで合流するのがベストなのか、宿に戻ってしまった方が良いのか。折角の修学旅行がじわじわと台無しになっていく感覚に歯噛みしていた、その時だった。

「宮嶺？」

聞こえるはずの無い声がして振り向くと、そこには寄河景が立っていた。思わず息を呑む。中学生にとって、クラスの区分は意外にも大きい。こうして別のクラスの景と話すのは、本当に久しぶりだった。

「……景」

「丁度良かった。今暇でしょ？」

「え？」

景はそう言うと、有無を言わさず誰も居ないバス停のベンチに僕を引っ張って行った。そして、手元のビニール袋からカップアイスを二つ取り出してみせる。

「……じゃーん。さっき、そこでおばあさんを助けたんだよ。買い物袋がバーンって弾《はじ》けて中身が出ちゃって、拾い集めたの。そしたらくれた」

景は楽しそうに言うと、おもむろにそれを僕の方へ差し出してきた。

「はい」

「……え？」

「二個あるから。んふふ、お友達が居るだろうって」

「そうだよ。一緒の班の子は？」

「私は今夜のキャンプファイアーのリハーサルがあって宿近くから離れられなかったんだよ。観光地を巡る時間が無かったの。まあ、お友達はいなかったけど宮嶺が居たからオッケーだね」

「仮に僕もいなかったらどうしてたの？」

「そうしたら二つ食べてたよ」

「じゃあ二つ食べれば」

「でも、宮嶺はここにいるよ」

嚙み合っているようで嚙み合っていない会話だった。そもそも、僕らは団体行動から外れているのだ。早く戻らないと大事になってしまう。

「多分だけど、私が居れば先生もそんなに気にしないよ」

僕の内心を読み取ったかのように、のんびりとした声で景が言う。身も蓋も無い話だけれど、景の言う通りでもあった。寄河景は誰もが認める優等生で、先生からも十全に愛されている。景が遅れたところで、誰も本気で怒ったりしないだろう。景が一緒にはぐれようと言うのなら、それを邪魔出来る人間はいない。

でも、僕の頭に過《よぎ》ったのは先生からの叱責じゃなく、小学校の頃の校外学習だった。あれから随分時間が経ったけれど、二人で戻ったらまた何か勘違いされてしまうかもしれない。自分が景にとっての特別だと勘違いしたところから、僕の顚倒《てんとう》は始まったのだ。

「溶けちゃうよ」

それなのに、景のその一言だけで、僕はあっさりとカップを受け取ってしまった。早く戻らなくちゃ、という意識を余所に、赤いキャップを開けてしまう。

「ね、カップアイスの美味《おい》しい食べ方教えてあげようか」

「……何？」

景は答えずに、木のスプーンをアイスに突き立てて、表面にくるりと丸を書いた。上から見ると、丁度二重丸の形になっている。

「で？」

「外側から食べる」

その言葉通り、景は引かれた線の外側からアイスを一口掬《すく》い上《あ》げた。そして、幸せそうに口に運ぶ。そのまま見つめていると、景は不思議そうに僕を見てから、もう一度同じようにやってみせた。

「……で？」

「でって何……え⁉　これで終わりだよ！　何すると思ってたの？」

「いや、だってそれ……何の意味が……」

「分からないかなー、どうしてこうもときめきが足りないんだろ。外濠《そとぼり》からじわじわ埋めていって、」

「埋めてないよね」

「……外側からじわじわ切り崩していって、最終的に本命をっていうのがいいんだよ」

「アイスは何処から食べても同じだよ」

「分からないなー」

僕の反応が気に食わないのか、景はゆるゆると首を振った。その様があまりにも不服そうだったので、仕方なく僕も同じようにアイスに丸を書いた。溶けかけのアイスを端っこから口に運ぶなり、景がじわじわと猫のような微笑みを浮かべていく。この程度でこんなに喜ぶあたり、今日の景は驚くほど子供っぽく見えた。

「宮嶺、久しぶりだね」

中央にアイスの孤島を作りながら、不意に景がそう言った。

本当ならもっと早くに出てくる言葉だっただろう。同じ中学校に進学しながら、まともに話をすることがなかった二人なのだ。僕も小さく「久しぶり」と返し、景の様子を窺う。

「宮嶺はパソ部だよね。知ってるよ。私も結構パソコン詳しいんだ。最近はスカイプを入れたよ。宮嶺もやってる？」

それは詳しいって言うんだろうか……と思いながら、首を振った。景の中のネットとはそういうSNSのことなのだろう、と妙に納得した。

「景も凄いよね。……吹奏楽とか。生徒会とか」

「両方もう引退だから、ちょっと寂しいな」

「そのくらいでいいよ。景、なんか元気過ぎっていうか、少し休んだら？」

「何かじっとしてられないんだよね」

最後の一口を掬い取りながら、景がそう言って笑った。白い塊が呑み込まれていく。空っぽになったカップの中には、景のこだわりの残滓《ざんし》すら見つからない。

手持無沙汰になったのか、景はそのまま、まじまじと僕の方を見つめ始めた。

「宮嶺は綺麗な顔をしているね」

不意に景がそう言った。

「……そんなことないよ」

「ううん。そんなことあるよ。それに」

　そこで景は言葉を切った。まるで何かを恐れているかのように言葉を切って、大きな目を微《かす》かに揺らす。

　景がその言葉の続きを言うことはなかった。遠くの方で蟬《せみ》が鳴いているのが聞こえる。この所為で、景がどれだけ淀みなく喋っていてくれたのかを意識させられてしまった。

　痛いほどの沈黙の中で、僕はアイスを食べ終える。最後の方は味なんて殆ど分からなかった。空っぽになった容器の中に折ったスプーンを入れて蓋を閉める。そこまで遠回りしてから、ようやく口を開いた。

「景。根津原を殺したのは、景なの？」

　果たして、景は穏やかな微笑を湛えたまま言った。

「そうだよ」

　意外なことに、僕はそれに驚かなかった。何度も何度も悪夢の中でシミュレーションしてきたお陰だ。小学生でありながら人を殺す、なんてことは、他ならぬ寄河景にしか果たせないことだと思っていたのかもしれない。

「……何で」

「宮嶺がそれを聞く？」

　小さく首を傾《かし》げながら、景が困ったように笑う。

「……僕へのいじめの所為？」

「私がどれだけ言おうと、根津原くんは止まらなかった。一度宮嶺が憎いと思ったら、もうそれ以外考えられなくなっちゃうんだよ。もしかしたら、私が言うから余計に止めたくなくなったのかもね」

景が冷静にかつての状況を整理する。あれだけ人の輪の中心に居るのだから当然なのかもしれないが、景は人の感情を腑分《ふわ》けするのに長《た》けていた。ランドセルを背負った小さな景は、その実そうして根津原あきらのことを分析していたわけだ。

「覚えてる？　あのブログ。蝶図鑑」

「……覚えてる」

「忘れられるはずがないよね。あれを見た時はびっくりしたよ。人間の悪意と想像力には果てが無い。ああなったらもう止められないんだ」

言いながら、景はゆっくりと目を細めた。

「あの時、周りに聞き取り調査をしたけど、結局はみんな根津原くんが怖くて逆らえなくて、流されてただけだったよね？」

景の言う通りだった。実際に、根津原一人が居なくなっただけで、僕へのいじめはぱったりと無くなった。みんなが流されていただけだったから。

そういえば、根津原を『涸れることの無い泉』と例えていたのは他ならぬ景じゃなかっただろうか。黒いワンピースを着た景のことを思い出す。景はあの時、一言も「悲しい」とは言わなかった。

「一緒になって宮嶺を虐めてた人間は赦せないけど、みんなもある意味、被害者だったんだよ。だから元を絶つしかないと思ったんだ」

「だから殺したの？」

景は静かに頷いた。

「……根津原の死因は屋上からの飛び降りだったよね。じゃあ、それが実は……景による殺人、だったってことなの？」

「そうなるね」

胸の奥がじわりと重くなる。夢の中で知っていたことの答え合わせをしている気分だった。嘘だ、という気持ちと納得。あの学校で力を持っていた悪魔のような根津原を殺せるのは、寄河景以外にいない。

「一体どうやって？」

「難しいことは何も無かったよ、宮嶺」

噛んで含めるような口調で、景が言う。

「根津原くんは私のことが好きみたいで、誘ったらすぐに来てくれたから。大事な話があるから屋上に上がろうって言った時も全然疑われなかったよ。根津原くんは何だか妙に緊張してるみたいで、そこだけはちょっと面白かったかな。……宮嶺にやったことは全然面白くないけど」

「それで、根津原を突き落とした？」

「そうだよ」

薄氷を踏むような会話が続く。

言葉を交わす度に、どんどん身体が震えてきた。それでも、僕は逃げずに確かめなければいけなかった。

「根津原の、目は……」

それこそが、一番気になっていたところだった。

自殺を演出するには禍々《まがまが》しく、他殺にしても容赦が無い。思わず不躾《ぶしつけ》に景の右目を見てしまった。けれど、景は緩く首を振っただけだった。

「根津原くんが抵抗したの。……ポケットから取り出して、ペンで私を刺そうとしたんだ。私達は揉み合いになったけど、根津原くんの方が落ちて行った。それで、ボールペンはその時刺さったんだと思う」

「そう、なんだ」

「……信じてくれるか分からないけど」

「……………信じるよ」

「全部？」

景が静かに言う。信じるしかなかった。罪を犯したことを信じるなんて妙な字面だ。本当に、あの寄河景が人を殺したのだ。それも自分と同い年の小学生を、残酷なやり方で殺した。僕の夢は僕自身よりずっと有能な探偵だったわけだ。

全てを話し終えた景は、取り乱すでもなくただ緩く首を振って笑っている。握り締めた手が、袖を摑んで震えていた。

「分かってるよ。宮嶺はもうとっくに気づいてたんだよね。だから私から距離を置いたんだよね？」

景はそう言いながら寂しそうに笑った。それを見て、僕はさっきの言葉の続きを知る。景はずっと、この所為で僕に避けられていると思っていたのだろう。

だとすれば、酷いすれ違いだった。そうじゃない。僕は、そんなつもりで景から離れたんじゃないのに。

「違う！　景のこと、嫌いになんてなってない……」

僕は咄嗟に、袖口を摑む景の手を取っていた。アイスのカップが地面に落ちて、ころころと転がっていく。久しぶりに触れた景の手首は、細くていかにも頼りなかった。緊張で強張った景に向かって、僕はこの三年余りずっと言いたかった言葉を口にした。

「………ごめん。本当にごめん」

その言葉しか出てこなかった。

呆気《あつけ》に取《と》られた景が僕の方を見る。本当は今すぐ逃げ出したかった。中学生活を送っている間、僕はずっと景とまともに話せなかった。景に見つめられるだけで動けなくなったし、彼女のことを避けていた。

でも、それは景のことが嫌いになったからじゃない。むしろ逆だ。僕の心は景に対する罪悪感でいっぱいだった。

「ずっと謝りたかったんだ。僕の所為で、景にそんなことをさせたんだって。景は僕なんかとは違う人間なのに、僕の所為で景が……」

怖くて景の顔がまともに見られなかった。殆ど告解のような気持ちで、僕は続ける。

「どうすればいいのか分からないんだ。その怪我の時も、根津原の時も、僕は景に庇われ続けてるのに、何も返せなくて……根津原が死んでから、僕の生活は穏やかで、……幸せで。何にも出来ない僕の為に、景がそんなことまでしてくれたんだって。そんなことを喜んでる自分が、どうしても赦せなくて……」

景はそんなことをする人間じゃなかった。僕さえいなければ、景の顔に傷がつくこともなかった。きっと景は殺人なんかとは無縁で居られたはずだ。僕が景に弱音を吐いたから。景は僕を見捨てられない程度に優しく、根津原を殺せる程度に行動力があっただけなのだ。

「宮嶺」

ややあって、景が静かに言った。

「別に宮嶺だけを助けたわけじゃないよ。……根津原くんがいた頃は、多分みんな学校が楽しくなかったんじゃないかな。根津原くんの影響はそのくらい過剰だった」

淡々とした言葉なのに、その響きは酷く優しい。

「だから、宮嶺だけが罪悪感を覚える必要なんてないよ」

その言葉がどこまで本当かは分からなかった。現実問題として、景は根津原を殺したのだし、その事実は消えない。

「嫌いになったんじゃなかったら、良かったよ」

「どんな時も味方でいるって言っただろ」

振り絞るような僕の言葉に、景が一瞬だけ言葉を詰まらせる。そして小さく「覚えてたんだ」と言った。

「もし景が根津原殺しで疑われるようなことがあったら、僕が代わりに罰を受ける」

あれは元々僕の罪だ。景が何か言おうとしたのを留めて、彼女のことをしっかりと見つめる。

「……景が誰にも脅かされないよう、僕が絶対に守るから……。……信じて、もらえないかもしれないけど」

強い日差しを受けて、白い肌が光を反射している。景は珍しく無表情を貫いていて、その年齢にそぐわない端正な美貌が浮き彫りになっていた。そうしてたっぷりと沈黙した後、景が不意に破顔した。

「信じるよ」

「え？」

「だって、宮嶺は私のヒーローなんでしょ？」

中学生になった僕らには、相応しくない夢見がちな言葉だった。

なのに、その言葉は僕にとって未だに特別で、悪戯っぽく景が口にしただけで、耳まで顔が赤くなった。舌がもつれて、上手く喋れなくなる。そんな僕の唇にそっと人差し指を当てて、景が穏やかに言う。

「……だから、根津原くんのことは二人だけの秘密にしよう。私はあの選択を後悔してない。時間が戻ったって、私はきっと同じことをするよ」

陳腐な言い方をすれば、僕らは世界で二人きりだった。根津原を殺す景の姿は悪夢ではなく甘やかな白昼夢に変わって、そこに僕が居ないことが不思議なくらいだった。

「そろそろ戻ろうか。修学旅行はまだ始まったばかりなんだし」

地面に落ちたカップを拾い上げながら、景はいつものように明るく言った。僕は馬鹿みたいに「うん」とだけ返し、彼女の背を追う。

「宮嶺と一緒のクラス、なりたかったな」

歌うように景が言う。

思えば、この時点で気がついているべきだった。

根津原あきらによるいじめで、僕の人生は大きく狂った。けれど、それは僕だけじゃなく、景の人生もだったのだ。僕へのいじめを目の当たりにした景が、一体どんな風に変質したのか。僕はそのことをはっきりと認識しておくべきだったのだ。

寄河景が人を殺すというのが、どういうことなのかをちゃんと知っておくべきだった。

3

寄河景は屋上のフェンスを乗り越えて、今にも足を踏み外してしまいそうな細い縁《ふち》に立っている。彼女が両手で掴んでいるフェンスがガシャガシャと耳障りな音を立てて、僕の心音と上手に重なった。景が落ちるかもしれない、と思うだけで身が竦む。それなのに、景は少しも臆することなく足を進め、片手を屋上の縁に立つもう一人の女子高生に向かって差し出した。

「善名《ぜんな》さん」

呼びかけられた生徒——善名美玖利《みくり》がびくりと身を震わせる。相当憔悴《しょうすい》しているのか、綺麗に巻かれた栗色《くりいろ》の髪の毛は乱れていて、目には鬼気迫った光を宿している。それでも、善名さんは両手でフェンスをしっかりと握っていた。片手を離している景の姿を、信じられないものを見るような目で見ている。

「……善名さんの気持ちは分かるよ。でも、一緒に帰ろう？　ここから飛び降りたら、もう後悔することも出来ない」

景の言う通りだった。塔ケ峰《とうがみね》高校は四階建てだし、おまけにこの下はコンクリート敷きになっていて、クッションになるものは何も無い。ここから落ちたらまず助からないだろう。

「……もうほっといてって言ってるでしょ！　あたしは……景まで巻き込みたくないよ。一人で死なせて……」

善名さんがヒステリックに泣き叫ぶ。彼女の細い手首には、幾筋もの切り傷があった。彼女のことはよく知らないけれど、前々から希死念慮に苦しめられているらしい。それが高じて、彼女は今飛び降り自殺寸前にまで追い詰められているわけだ。

「大体おかしいよ……景は何も関係無いでしょ。何で止めるの？　……同じクラスだから？　生徒会だから？　何で？　何でこんなところまで来たの？　普通なら……」

「来るよ」

景はきっぱりと言った。そして、なおも縁を歩いて、善名さんにゆっくり近づいていく。傍から見たら正気の沙汰じゃない。自殺を止める為に、自分までフェンスの向こう側に行くなんて馬鹿げている。けれど、景の動きにあまりに躊躇いが無かったから、足を掛ける彼女のことを誰も止められなかったのだ。

「私は善名さんに死んでほしくないからさ、こんなところまで来る」

景の髪が風に靡《なび》いて、フェンスに流れていく。

「だから、もう少し傍に行ってもいいかな？　善名さんと話がしたいんだ。もしそれで、少しでも生きてみようって思うなら、私と一緒に帰ろう？」

「来ないで！……そこから一歩でも来たら飛び降りるから！」

そう言って、善名さんがフェンスから片手を離した。身体のバランスが崩れ、うっかり落下しそうになる。薄い微笑みを浮かべていた景も、それを見て若干顔を強張らせた。整った顔に僅かな緊張を湛えて、善名さんの方を睨む。ややあって、景はゆっくりと言った。

「分かった。善名さんが飛び降りるなら、私も一緒に飛び降りるよ」

僕を含む屋上の野次馬が、一斉に息を呑むのが分かった。相対している善名さんですら驚きを隠せないでいる。

それなのに、誰も悲鳴すら上げない。景の次の言葉を邪魔しない為だ。景はさっきとはうって変わって慈愛に満ちた微笑みを浮かべている。

「善名さんも、一人で死ぬのは怖いでしょ？　だから、私が一緒に飛んであげる」

「ちょっと待って……な、何言ってるの？」

「私は、善名さんの意志を否定しない。死にたいと思っているなら、私が無理矢理止めようとはしないよ。だから、善名さんだって私のことを止められないはずだよ」

景はそう言って、まるで揚げ足でも取っているような勝気な笑みを浮かべる。その目は細められているのに、目蓋の下から覗く光が隠しようもなく漏れていた。

「何でそうなるの？　わ、分かんないんだけど……」

「私は凄く諦めが悪いんだ。それにエゴイストでもある。自分の思い通りにならないと気が済まない」

景の言葉はその通りだ。景は意外と我が強いし、相当頑固だ。これと決めたら絶対に諦めないし、クラスメイトの自殺を止めたいと思うなら、自分の身すら顧みずにフェンスだって乗り越える。それが、寄河景だ。

「……口ばっかり！　そんなこと言って景は死にたくないでしょ!?」

「死にたくないよ」

そう言って、景はフェンスからすっかり両手を離した。弾みがついたのか、景の身体がぐらりと揺れる。けれど、セーラー服に包まれた細い身体はすぐにバランスを掴み、もう一歩善名さんの方に歩み寄った。

「私は死にたくない。毎日楽しいし、これからやりたいことも、やらなくちゃいけないことも沢山ある。こんなところで善名さんに巻き込まれて死にたくない。でも、善名さんがここで飛び降りるなら、私も飛び降りる」

「ちょっと、危な……」

両手を離した景とは反対に、善名さんはもう一度両手でフェンスを掴んだ。ガシャガシャと激しくフェンスが揺れていることで、酷く震えているのが分かる。そんな善名さんに対し、景はもう一度言った。

「私は死にたくないよ」

はっきりと正しく、あの独特のメゾソプラノが響く。

「だから、私の為に生きてくれないかな」

その時、善名さんの纏う空気ががらりと変わったのが分かった。まるで彼女を貫いていた希死念慮の背骨が抜き取られたかのようだった。憑《つ》き物《もの》が落ちたかのような彼女には、恐らくもう景しか見えていない。

景が伸ばした手を、善名さんが掴む。景が穏やかに促すと、善名さんはゆっくり頷いてからフェンスを登り始めた。彼女が屋上に戻った瞬間、見守っていた全員が自然と歓声を上げた。

景の方もゆっくりとフェンスを乗り越えてくる。危なげなく屋上に降り立つ景の額に、微かに汗が滲んでいた。

屋上に戻った二人が、感極まって抱き合うのを見て、僕の方も泣きそうになった。けれど、この風景に感じ入っているはずの僕の脳裏に、一瞬だけ落下する根津原の虚像が浮かぶ。フェンスの向こう側に、あの悪辣で小さな背中が立っているのが見える。

中学を卒業し、僕と景は同じ塔ヶ峰高校に進学した。県内有数の進学校である塔ヶ峰に僕が受かったのは、偏《ひとえ》に景のお陰と言っていい。景は僕が同じ高校を受験すると決めるなり、親身に勉強を見てくれたのだ。

高校生になってもなお、寄河景のカリスマは衰えることがなかった。

彼女は当然のように生徒会選挙に立候補し、千票以上の得票数で生徒会長になった。つまり、全校生徒の九割が景に投票した計算になる。けれど、景はそれだけの器だった。景の異形染みた美貌は集団の中でよく目立った。中学生の頃より長く伸びた髪も、ブラウンに光る瞳も、糸で吊られているかのような背筋のラインも、抜きんでて美しい。その美しさに惹《ひ》かれた人間が景の人間性に触れると、今度は熱に浮かされたように彼女を信奉するようになった。

景は何処か熱病染みた性質を持っていて、彼女の『良い噂』はよく広がった。景がこんなことをしていた、こんなことをしてくれた。そういった話が日常会話の中でごく自然に出てくるのだ。それら一つ一つが、寄河景というキャラクターの特異性を強め、降り積もるエピソードに、善良さが足跡を付けていく。

僕だって景に助けられた一人だ。僕は僕の思い出を特別なものとしながら、景を慕っていくだろう。今日助かった善名さんだって、景を自分の人生を変えた特別な一人と見做《みな》すに違いない。今日のは特に素晴らしかった。見ている人間だって、景に夢中だった。

こうして今日も、景は自分の存在を感染させていく。一歩間違えたら落下してしまいそうな縁に立ちながら。

「それにしても、上手くいってよかったよ」

当の寄河景は、生徒会室の年季の入った椅子に座りながら、暢気な声でそう言った。さっきまで大立ち回りを演じていたというのに、もう切り替えて書類の整理をしている。彼女の中でさっきのこともこの業務も地続きで、どちらも手を抜くことじゃないというのがよく分かる。

そんな景を見ながら、僕は殆ど感嘆混じりに言った。

「景は本当に凄いよ」

「宮嶺だって副会長としてよくやってると思うけど」

「……それは、景と一緒に居るからそう見えるだけだよ」

僕は何の衒いも無くそう言った。

驚いたことに、僕は景と一緒に生徒会に入っていた。勿論、僕は積極的に表に出るような人間じゃない。けれど、景が僕を副会長に推薦すると、もう選択肢は残されていなかった。周りの人も、景が推薦するのならと、信任投票をしてくれた。

それ以来、僕は景の隣でどうにか彼女の助けになろうとしている。

「景は凄いよ……。善名さんのことだって、普通の人が出来ることじゃない」

「そんなに褒められることじゃないよ」

「だって、あそこから落ちたら景だって死んでたかもしれないのに」

「大丈夫だよ。私は死にたくなかったから」

そういう話をしているわけじゃないのに、景がのんびりとそう言った。不慮の事故で死ぬ人すら、その運命を選んだとでも言わんばかりだ。景は死にたくないから死なない。善名さんも死にたくなくなったから死ななかった。そんな認識みたいだ。

「……その、善名さんってどうして死のうとしてたの？」

結局のところ、白昼堂々屋上から飛び降りようとしていたのは何故なのだろう。善名さんの両親が迎えに来るまで、景は善名さんに付きっ切りだったはずだ。そういう話はしなかったのだろうか。

ややあって、景はゆっくりと首を傾げた。そして、不思議そうに言う。

「うん？　どうしてって？」

「ほら、死のうとしてたんだから、きっと何か理由があるんだよね？」

「理由は無いよ」

景はきっぱりと言った。全く淀みない口調だった。

「善名さんは成績も悪くなかったし、家庭環境に問題があるわけでもないみたい。強いて言うなら進路とか将来に不安があるとは言ってたけど、他の子たちとそう変わらないよ」

「それじゃあ、なんで……」

「何かそれらしい理由が無いと自殺には走らないと思う？　ただ漠然と自分が嫌いで、漠然と何処にも行けない気がして、漠然と不安に思ってるだけで死ぬことなんか無いと思ってる？」

景は諭すような口調でそう言った。

「そんなことないんだよ。人はそう簡単に理由も無く死にたくなるんだ。死にたくなるから死ぬ。人間の中には流されやすい人も居るから、そういう人はただ自殺の方向に流されてるだけ。……だから、今日の私は生きたいって方向に流してみただけ。選んだのは善名さんで、私が助けたわけじゃないよ。そんな風に褒められるとなんか居心地が悪い」

景はその言葉通り、困ったような微笑みを浮かべていた。あれだけのことをしたのに、景は驕《おご》らない。善名さんの命を救ったのは景だと誰もが思っているのに。

景はすっかり話し終えたと思ったのか、うーんと大きく伸びをして、目の前のプリントを睨んでいる。一体何のプリントだろう、と思っていると、視線を汲んだ景が答えを教えてくれた。

「今度、人権集会でスピーチを任されたんだ」

「何についてのスピーチ？」

「自殺防止について。警察の人も聞きにくるみたい。……何だか、善名さんのことがあって、尚更やるべきって言われそうだな」

「それは……タイムリーな話だね」

今日の善名さんの話に限らず、最近、中高生の自殺が増えているらしい。始業式の日に、重々しい口調で校長が人の命の大切さと、最近の異常な自殺率の増加について語っていた。校長は自殺の理由を、昨今の若者の無気力さや繋がりの浅さに求めていた。それでいて、具体的な対策については何も語らず、その日の話はなあなあに終わった。

「始業式の日にもそういう話になったしね。何か繋がりが大事だとか。そんなこと言われても具体的に自殺が減るとは思えないけど」

「繋がりが重要っていうのは何となく分かるな」

「そういえば、景はあれ知ってる？」

「あれって？」

「青い蝶《ブルーモルフォ》」

僕はちょっとした雑談でもするつもりで、その名前を出した。

『青い蝶《ブルーモルフォ》』は最近流行っている都市伝説のようなもので、一言で言うと「プレイしたら死ぬゲーム」だ。

ある日、選ばれた人間の元にSNSを通して特別なサイトへのアクセス権が与えられる。美しい蝶のモチーフのあしらわれた不思議なサイトなんだそうだ。そこにアクセスしたプレイヤーはブルーモルフォの会員となり、ゲームマスターから指示を受ける。ゲームのルールは簡単だ。ゲームマスターから送られてきた指示に従うだけ。それ以上でもそれ以下でもない。

内容については諸説ある。曰《いわ》く、とにかく黒いものを探して写真を撮るとか、あるいはとある一文が送られてきて、その文が入っている小説を探すとか。他にも、目を抉って差し出せという指示が送られてきたという話や、三百万をとある口座に送れという指示だった、という話もある。

指示の内容もさることながら、ゲームマスターの目的もよく話題に上がっていた。

これはとある大富豪が相続人を探す為に行っているゲームだとか、あるいは本物の悪魔を呼び出すことの出来る唯一の方法だとか、有名企業の独創的な入社試験なのだという話もあった。けれど、本当のところはどうなのか分からない。

「このゲームの指示に従わなかったり、途中で止めたりすると死んだりするんだって。あとは、クリアの見込みが無い人間も、知らず知らずの内に自殺させられるとか」

この奇怪なゲームの噂は、自殺率の増加に伴って活性化し始めた。つまりは、ブルーモルフォに関わった人間が自然と死に向かっていって、それが原因で自殺が増えたという話だ。

当然ながら、こんな噂が真実であるはずがない。内容は一昔前のチェーンメールのようだし、指示に背いただけで人が死ぬはずがない。知らず知らずの内に自殺に誘導されるというのも馬鹿げている。ネットの向こうの見ず知らずの人間に言われたからといって、人は死なない。列車に飛び込んだり首を吊らされる前に、必ず本能が邪魔をするだろう。

けれど、真面目な景は真剣な顔で僕の話を聞いていた。まるでそのゲームの全容を把握しようとでも努めているように、神妙な表情を浮かべている。もしかすると、この都市伝説を真に受けているのかもしれない。あるいはこのオカルト染みた話を怖がっているのだろうか。

ややあって、景は思い出したかのように言った。

「青い蝶はね、幸せの象徴なんだよ」

「……え？」

「宮嶺はどう思う？　青い蝶《ブルーモルフォ》のこと」

景は大きな目に興味深そうな輝きを宿して、僕のことをまっすぐに見つめていた。

「……面白いけど、ありえないと思う。大富豪の相続人を決めるとかも嘘臭いし。祟《たた》りとか呪いとかそういうものじゃなきゃ、人は自殺したりしないよ。理由も無いのに」

そこで、僕はさっきの善名さんの話と同じ轍《てつ》を踏んでいることに気がついた。特に強い動機が無くても、人間は何かしらの弾みで自殺を選択してしまう可能性がある。そういう話をしたばかりだったのに。

「まあ、大富豪の話とか就職面接の話とかは馬鹿げてるよね。そういう話が出てきそうではあるけど」

けれど景は僕の失言を咎《とが》めることもなく、再びプリントに視線を戻した。

「スピーチの件、受けるの？」

「……どうしようかな」

景がこういう時に迷うのは珍しかった。景は基本的に頼まれたことを断らない。人前に出ても物怖《ものお》じしないし、小学生の頃から今まで、こういう機会に恵まれ続けている。

それに、こういう言い方は良くないかもしれないけれど、善名さんの件は、スピーチを一層効果的にするだろう。人の自殺を止める為に自分の身を擲《なげう》てる景だからこそ、そういった場で誰かの心に訴えかけることが出来るんじゃないだろうか。

「景が率先してやろうとしないのは珍しいね」

「うん。求められたことには応えたいけど、ただ壇上に立つ私の言葉で本当に自殺が止められるのかな、と思うと。これに何か意味があるのかと思って」

謙遜ではなく、景は本気でそう思っているようだった。

景の中では、始業式で何と無しに自殺を止めようとした校長のことが過っているのだろう。確かに僕も、誰かが話したくらいじゃ世界は変えられないと思っているし、始業式にあの話を聞いたはずの善名さんは夏休みすら待たずに自殺を試みてしまった。

「でも、他の人がやるよりは景がやったらいいと思うよ。……僕は。景の言葉が届かないなら、他の人でも同じだと思うし。それに、景の声は綺麗だから。言葉に意味が無くても、それだけで価値が──」

励ますつもりが、途中から意味の分からないことを口走っていないだろうか。それに気づいた瞬間、はた、と言葉が止まった。案の定、景は揶揄《からか》う気満々の目で、にんまりと笑った。

「宮嶺って真顔で変なこと言うよね」

「……事実だし」

「あはは、でも声だけは昔からよく褒められるんだ。確かに、ちょっと変な声してるよね」

「変じゃなくて、綺麗だよ」

それを言うと、景はよく通る伸びやかな声で「……それはどうも」と小さく言った。

二人きりの生徒会室で、景は素直に赤くなる。


結局、寄河景は人権集会でのスピーチを行った。善名さんのことには触れないで、ただただ彼女なりの言葉で命の大切さを訴えかけた。

しんと静まり返る体育館の中に、景の声だけが響く。この光景を以前にも見たことがあるな、と思った。根津原あきらの葬儀の時だ。あの時も静まり返った場所に、景の声だけが在った。生死相反する集まりの間を、景の存在が繋いでいる。

彼女が犯してくれた罪のことも、彼女が救った命のことも、僕は両方知っている。壇上に立つ景のことを舞台袖で見ていると、不意に泣きそうな気分になった。景のことを見つめていると、いつだって苦しくて切ない。

気づけば景と出会って、七年近くが経っていた。初めて教室で僕を救ってくれた時から、景の存在が眩《まぶ》しくてたまらない。

「──私は、このスピーチで自殺者を減らせるとは思っていません。ただ、これを聞いている意志ある皆さんが、ほんの少しだけ周りをよりよくするように動いてくださるのなら、それは世界が変わることと同義なんじゃないかと、私はそう思います」

景が切実な目でそう語るのを見て、ただひたすらに思った。

僕は景が好きだ。ずっと前から、彼女のことだけが好きだ。

壇上に居る景は沢山の聴衆の前でも臆さない。ここにはゲストとしてやってきた市会議員や警察までもが顔を揃えている。それでも、景は堂々と自分の言葉で話している。

それがあまりにも眩しくて、涙が出てきた。

全てを話し終えた景が、拍手の中でゆっくりと礼をする。そして、来賓の方へと下りて行った。

このまま景は会場の来賓たちと交流をする。その間に僕らはステージ上で片づけをしなければいけない、のに、涙が止まらなくて動けなかった。

「宮嶺先輩泣きすぎですよ」

揶揄うように言ったのは、生徒会書記の宮尾《みやお》だった。恥ずかしいところを見られてしまった。

「いや、でも分かりますよ。凄いスピーチでしたもん。なんていうか、寄河先輩の言葉には力がありますよね」

「うん。僕も、そう思う……」

僕がそう呟くと、宮尾は何故かにんまりと楽しそうに笑った。そして言う。

「だって、彼女さんの言葉なら尚更じゃないですか」

「え？」

「だって、宮嶺先輩って寄河先輩と付き合ってるんですもんね？」

「は!?……や、そんなことはない、けど」

「えー、あんなにべったりしてるのに？」

どうやらカマを掛けられたらしかった。まんまと引っ掛かった僕は、赤い顔のまま否定する。

「僕と景が付き合ってるとか悪い冗談だよ。……だって、正直釣り合わないし」

「そうですかねー、傍から見るとお似合いだなーと思いますよ」

「ないって……ないから……」

それからも宮尾は片付けの間中、後押しの名目で僕のことを揶揄い続けた。まるで僕の中の恥ずかしい欲望が晒されてしまったかのようで落ち着かなかった。

恐らく、熱に浮かされていたのだという表現が正しい。あのスピーチの所為で、僕は一層景への気持ちを意識させられた直後だった。だから僕は、景と二人になった帰り道で、不自然なくらい動揺していた。あの景に「流石にちょっと気持ち悪いよ」と言わしめるほどだった。

「どうしたの？　何かあった？」

頻《しき》りにそう尋ねてくる景に、僕が陥落するのは時間の問題だった。ややあって、僕は真っ赤な顔のまま言う。

「……宮尾が、僕が景と付き合ってるとかなんとか言い出すから……」

僕の弱々しい言葉を聞いた景が目を丸くする。それを見て、心底後悔した。これじゃあ遠回しに告白しているのと変わらない。景は目を丸くしたまま、なおも続けた。

「えっ、それで宮嶺どう答えたの？」

「どうもこうも……付き合ってないとしか」

「ええーっ、否定したの？」

景はわざとらしく驚いてみせると、何とも言えない表情で僕のことを見つめてきた。長い付き合いだから、景が何かを求めてくれているのは分かる。けれど、それが何かが分からない。ややあって、景の方が静かに口を開いた。

「宮嶺は私のこと好きなの？」

いつもの悪戯っぽい声じゃなく、それよりもワントーン低い声だった。だからといって冷たく突き放されたようなものじゃない。答えの分かっている問題を出しているかのような、包み込むような声だった。

この段になっても、僕は躊躇っていた。小学校も中学校も、僕の人生は景と共にあった。景に救われたことが多すぎて、まともに景への気持ちを考えたことがなかった。

ただ、今日のスピーチを聞いた時、僕の中にあった全ての壁が取り払われて、そこに光が差し込んだ気がしたのだ。あの時の衝動のまま、僕はずっと言えなかった言葉を口にする。

「……好きだよ。ずっと昔から、景のことだけが好きだ」

それを聞いた瞬間の景の顔を、僕は一生忘れないだろう。

景は今までに見たことのないような、酷く優しい笑顔を浮かべていた。ずっと待ち望んでいたものを受け取った時のように、目に揺らぐ光が灯《とも》っている。けれど、今の僕にはそれが僕の希望的観測なのかどうかすら判別出来なかった。ややあって、景が言う。

「ありがとう。私も宮嶺が好きだよ」

「…………あ、」

比喩表現じゃなく、心臓が止まりそうになった。じわじわと涙が出てきて、指先が痺《しび》れる。嬉しくてたまらないはずなのに、溺れているような苦しさがあった。そんな僕の心中を知らずに、景がゆっくりと距離を詰めてきた。

「……そんな、嘘だ」

「嘘じゃないよ。私はずっと宮嶺が好きだった」

景の指先が僕の前髪をゆっくりと撫でる。相変わらず長く伸ばすのが止められない前髪を、受け入れるかのように景が触る。

「それで、宮嶺はどうする？　私と付き合ってくれる？」

「……そんな、無理だよ」

その言葉が、自然と口を衝いて出た。死にそうなほど嬉しいのに、僕の奥底に残っていた理性が、勝手に拒絶の言葉を紡ぐ。

「無理だよ。……景と僕じゃ全然釣り合わない。だって、僕は今でも上手く喋れなくて、……人の目とかも見れないし。景とは全然違うんだ……。景とは並んで歩けない」

さっきまで柔らかい微笑を浮かべていた景が、一気に表情を強張らせる。けれど、これだけは譲れなかった。僕はまだ景に負い目がある。景に人殺しまでさせてしまったのに、のうのうと景の恋人になれるはずがない！

「僕は景に好きになってもらえるような人間じゃないんだよ。景が僕の何処を好きになってくれたのか分からないけど、こんなの間違ってる……」

「……宮嶺は知らないんだ。私がどれだけ宮嶺を好きか」

その声は、何だか泣く寸前の子供のようだった。一瞬怯んだ僕に対し、景はこう続けた。

「何処が好きか分からないって言ったね。分かった。証拠を見せるよ。そうしたら、きっと宮嶺も分かってくれるだろうから」

景らしからぬ弱気な様子で、それでもまっすぐに言う。

「明日、午前十時半に自然公園の最寄り駅に来て。小学校の時に校外学習で行ったところ。覚えてる？」

「それじゃあ、遅れないでね」

景はそれだけ言うと、くるりと身を翻して家とは反対方向に歩いて行ってしまった。景に告白してしまった。景も僕が好きだと言ってくれた。信じられなかった。こうしてちゃんと聞いたのにもかかわらず、未だに夢の中に居るみたいだった。

明日、自然公園で景は何をするつもりなのだろう。賢くて少しズレた景だからこそ、何をするのか見当も付かなかった。果たして『証拠』とは何なのだろう。

でも、もし本当に景が『証拠』を見せてくれるなら。僕の劣等感やひねくれた思いや引け目を全て壊して、彼女の気持ちを信じさせてくれるなら。その時は、僕も少しだけ自分を好きになれるかもしれない。

景のいなくなった三叉路を見つめてから、家に帰る。

何を期待していたわけじゃない。ただ、景と一緒に出掛けられるだけで嬉しかった。だから、その日を境に世界の全てが変わってしまうだなんて思っていなかった。

4

翌日、僕は待ち合わせよりも二十分以上も早く駅に着いて、景のことを待っていた。我ながら現金なものだと思う。

「よっぽど楽しみだったみたいだね」

待ち合わせ時間ジャストに現れた景が開口一番そう言っても、僕は素直に頷く。こういうところで格好つけても仕方がない。

当然ながら景は制服姿じゃなく、秋らしいチェックのジャンパースカートに、可愛《かわい》らしい赤のベレー帽を合わせていた。この季節にぴったりの白いタートルネックの袖から、景の指先だけが見えている。こうして私服をまともに見るのは小学校以来だった。

「遅れなかったね。感心感心」

満足そうにそう言うと、景は僕の頭をぽんぽんと優しく叩いた。子供をあやすような仕草に微妙な顔をすると、景は不意に真面目な顔で口を開く。

「気持ちは証明出来ないし、目に見えない。だから、代わりに私の一番大切なものを宮嶺にあげる」

「……それはこの公園にあるってこと？」

「うん。ある一部分は」

　僕の頭に浮かんだのは、あの校外学習の日のことだった。あの思い出には痛みも伴っているけれど、背負った景の温かさは僕の記憶にも鮮やかだ。

「それじゃあ行こうよ。もうすぐ時間だから」

　景はそう言って、意気揚々と歩き始めた。いつも通り、僕も彼女の背中を追う。ベレー帽から流れる髪の毛が美しい。

　休日だからか、辺りには家族連れが多かった。少し早めのお昼ご飯を摂《と》ろうとビニールシートを広げている人たちも居れば、ベンチで話をしているカップルの姿も見えた。周りから見たら僕と景も恋人同士に見えるだろうか、と恥ずかしいことを考える。

　やがて、僕らは一際人の多い中央エリアに辿り着いた。ここにはコンクリートで舗装された広場と、見晴らしのいい高台がある。高台の高さは数メートルもあるだろうか。階段を上って辿り着く一番上には双眼鏡が設置されていて、更に遠くが見渡せるようになっていた。

　ここに来たからには、景は高台に登りに来たのだろう。という僕の予想はあっさりと裏切られた。景は広場に差し掛かる一歩手前で立ち止まると、腕時計を確認する。

「ここでいいかな」

　景が満足そうにそう言ったものの、場所としては中途半端なところだった。広場と芝生の境目、まるで高台を監視するような位置だ。僕が知らないだけで広場で何かイベントでもやるのだろうか？　けれど、広場では子供たちがローラースケートやらで遊んでいて、とても何かが始まるようには見えない。

「どうしたの？　景。ここで何があるの？」

「待ってて」

そう言って、景は僕の手をそっと握った。その柔らかさと温かさに、心臓が跳ねる。

景は黙って目の前の高台を見つめていた。

一体何を待っているのだろう。息を詰める景は、柄に無く緊張しているようだった。鏡のような彼女の目が、柔らかい陽光を反射している。

程なくして、それは起こった。

ふらふらと一人の男子高生が高台の方へと歩いて行く。彼の足取りはまるで夢遊病者のようだった。制服をきっちりと着込んだ彼は、真昼の公園に似つかわしくないように見える。景の手に、微かに力が込められた。

男子高生はそのまま階段を上がり、高台の一番高いところに上り詰めた。腰のところまである柵に手を掛けて、眩しそうに太陽を見上げている。ほんの一瞬、彼は微笑んだように見えた。まるで、太陽の存在を、たった今思い出したかのような笑顔だった。

握られた手に更に力が籠るのと、男子高生が落下するのは殆ど同時だった。

柵を乗り越えた彼の身体は、重力に従って呆気なく落下していく。そして、瞬きをする間も無く、ぐちゃっという嫌な音が響いた。水風船を割った時のように、中身が飛び散る。

そして、顔の潰れた死体だけが後に残された。

「……え？」

思わず間抜けな声が出る。何だ？　一体何が起きたんだ？　人が死んだ。高台に他に人はいない。飛び降り自殺だ。

目の前の光景が信じられず、思わず隣の景を見る。

景は凪《な》いだ目をして、一連の自殺を眺めていた。

そこには少しの驚きも無かった。傍から見れば、ショックを受けて固まっているように見えるかもしれない。けれど、僕には分かる。景には何の動揺も無い。まるで、目の前で起こることを予め知っていたかのようだった。事実、彼女はここで何かを待ってていた。まさか、これを？　という言葉が過った瞬間、背筋が冷える。それを見計らったかのように、景がこちらを見た。茶色がかった大きな目が、琥珀《こはく》を模して光っている。ややあって、彼女は言った。

「行こう、宮嶺」

有無を言わさず、景が僕の手を引く。黒髪がマフラーの隙間から流れて、僕の腕を撫でた。僕らが走り出すと、背後から甲高い悲鳴が聞こえた。悲鳴が次の悲鳴を呼び、連鎖的にパニックが訪れる。

狂乱の渦の中にありながら、景だけが落ち着いていた。彼女にだけこの先を照らす光が見えているかのように、まっすぐに歩いて行く。

自然公園の反対側まで来てから、ようやく景は立ち止まった。繋いでいた両手をあっさりと解き、近くにあった自動販売機に寄っていく。そして、何事も無かったかのように言った。

「喉が渇いちゃった。ココアでいい？」

「……ココアだと喉に絡まない？」

「じゃあアイスココアにしよう」

何の解決にもなっていないことを言いながら、景がボタンを押す。瞬きしている間に、小さな両手には二本のアイスココアがあった。

蝉の声は聞こえない。季節は変わった。あの時とは、渡してくるものも違う。

当たり前のように、景がその内の一本を差し出してきた。

「はい、これは宮嶺に」

「……景」

「ほらー、手冷たいから早く早く」

　やっぱりアイスココアは失敗だったんじゃないの、という言葉を飲み込んでココアの缶を受け取る。よく冷えた缶は、やっぱりこの季節には似合わなかった。景は一口ココアを飲んで「寒いなぁ」と呟くと、近くのベンチに座って大きく伸びをした。一仕事を終えた後の猫のような仕草だった。

　景は普段と少しも変わらなかった。さっきまで一生忘れないだろうと思っていた惨劇が、まるで白昼夢だったかのように思える。目の前で人が落ちるところを見るなんて普通じゃない。しかも、景の隣で。

　現実逃避に走りそうになった僕を引き戻したのは、ここからでも分かるけたたましいサイレンの音だった。それを聞いた瞬間、全身からどっと汗が噴き出る。そんな僕を見て、景は静かに首を振った。

「分かるよ。でも大丈夫。警察は話したがり達の相手をするのに忙しくて、私達のところには来ないから」

　一体、何が大丈夫だというのだろう。サイレンの音が止むと、再び辺りは沈黙で満たされた。ややあって、僕は尋ねる。

「……見せたいものって、あれのことだったの？」

「そうだよ」

　ココアを一口飲んでから、景は淡々と続けた。

「自殺したのは木村民雄《きむらたみお》くん。都内の高校に通う一年生。不本意な進学先に悩んでいたけれど、至って普通の男の子だよ」

「……知り合いだったの？」

「知り合いじゃない。私が知っていただけ」

　赦されるなら今すぐにでも逃げ出したかった。けれど、ココアはまだ半分以上残っていたし、射抜くような瞳が僕の退場を赦さなかった。嫌な予感が喉の奥で引《ひ》き攣《つ》っている。この感覚は、前にも覚えがあった。景は僕の耳元に口を寄せると、そっと囁《ささや》いた。

「『青い蝶《ブルーモルフォ》』って覚えてるよね？」

　その単語が鼓膜を震わせると、いよいよ全身の血が沸き立ち、ぐるりと目が回りそうになる。どうして今ここでその単語が出てくるのか、分からないのではなく分かりたくないのだ。

「ゲーム……？　遊ぶと自殺するゲーム、そんな、都市伝説じゃ」

「みんなは単なるゲームで人間が死ぬわけないって思ってるみたいだけど。自殺した人間には固有の理由があって、確固たる苦しみがみんなを死に追いやったと思ってる」

　そうじゃない、と言う景の声が生徒会室で聞いたものと被る。

　そう言いながら、景は懐からスマートフォンを取り出した。ピンク色のケースの表面には、景の大好きな兎《うさぎ》のイラストが描かれている。何回か画面をタッチした後、景はお目当てのものを見つけたようだった。くるりと向きを反転させて、眩しい画面を僕に見せつける。

「木村くんはブルーモルフォのプレイヤーだった。だから死んだんだよ」

景のスマートフォンの画面には、さっき自殺した高校生の学生証の写真が表示されていた。それだけじゃない。パッと見ただけでは意味の分からない『クラスタF』や『五十日目』の文字も見える。一体これは何なんだろう？

引き攣った顔をしている僕を余所に、景は続ける。

「あの日、宮嶺が話してくれた青い蝶《ブルーモルフォ》は、大部分が創作だよ。悪魔との契約とか、大富豪の相続人を探しているというのも違う。尤《もっと》も指示に従えなかったら自殺させられるっていうのも違うんだけどね。ブルーモルフォのルールはシンプルだよ。五十日に亘《わた》って、プレイヤーにはマスターからの指示に従って貰う。そして、五十日目には、最後の指示に従って自殺してもらう。例外は無い。最後の指示をこなせば、プレイヤーは必ず死ぬ。ただそれだけのゲームだよ」

景はあくまで淡々とそう言った。

「何で景がそんなことを知ってるの？」

殆ど答えの分かり切っている問いを敢《あ》えて尋ねた。ややあって、景が言った。

「私がブルーモルフォのマスターだからだよ」

「嘘だよね？」

景は緩く首を振って、僕の言葉を否定した。

「こんなことで嘘は吐かない」

まるで根津原殺しを告白された時と同じだった。けれど、今回は何の心構えも出来ていない。そもそも何で僕は景にこんな話を聞かされているのだろう？

視界に映る景は相変わらず、秋の装いがよく似合っていて可愛らしかった。背後では蟬の鳴き声の代わりに未《ま》だサイレンが響いていた。景がそっと顔を寄せる。元より僕が景の言葉を疑えるはずもない。そして景が決定的な一言を囁いた。

「ブルーモルフォのモチーフが何だったか覚えてる？」

「……………蝶」

青い蝶《ブルーモルフォ》という単語を打ち込んだら、画像検索に出てくる蝶の形をしたセンスの良い青いシルエット。都市伝説にかこつけた誰かが戯れに描いたんだろうと思われていたそれ。校外学習で見た美しい風景画を思い出す。あの絵は最終的に地域の絵画コンクールにも出展されたのだった。寄河景は絵が上手い。

「上手く描けたんだよ」

耳元で景が囁く。

「覚えてるよね。あれが私達の始まりだから」

忘れるはずがなかった。

寄河景に一線を超えさせた根津原あきらの『蝶図鑑』。

既視感はここに根を張っていたのだ。

その一言で、僕はいよいよ景がブルーモルフォを作ったのだと信じてしまった。景がブルーモルフォを作り、誰かを自殺させている。だから、景は今日ここで木村民雄が飛び降りをすることを知っていたし、それを時間通りに僕に見せつけることが出来た。

「……景がブルーモルフォのマスターだって、信じるとして。でも、それが何で……何の、証拠に、」

景は透き通った目で僕のことを見ていた。その目にはおよそ温度が感じられず、僕は初めて景のことを恐ろしいと思った。

「景は昨日言ったよね。景が……僕のことを好きだって、その証明を見せるって」

口にすると何だか一層可笑《おか》しかった。恥ずかしい恋の話をしていたはずなのに、いつの間にか殺人の話に挿《す》げ替《か》えられてしまった。悪夢のような入れ替えマジックの最中にあっても、景は少しも動揺していない。それどころか、当然のような顔をして口を開く。

「あれが証明だよ」

「…………え？」

何を言っているのか分からなかった。不意に、景の手が汗ばむ僕の手の甲に重ねられる。逃げられない、と反射的に思った。

「宮嶺が根津原に虐められてるって知った時、私は性善説が嘘であることをも知ったんだ。あれはね、私の中で凄く大きな出来事だったんだよ。宮嶺が来るまで、私達のクラスは凄く仲が良かったでしょ？　何の揉め事も無かったし、みんなが一致団結してた。それは、みんなが一人一人、とてもいい子だからだと——私はそう思ってたの」

僕は麗しき五年二組のことを思い出す。どんな物事もすぐさま決まり、一人一人が相応しい役割を与えられていたあのクラス。今更になって、そのことにゾッとした。一体どうしてそんなことが出来ていたんだろう？

「でも、違ったよね。みんなはただ流されていただけなんだよ。だから、根津原くんっていう悪い人が一人本性を現しただけで、それに流されたでしょ？　本当に良い人だけが集まっていたなら、宮嶺が虐められているのに気づいた瞬間、根津原くんをみんなで止めていたはずなのに」

景の言う通り、根津原一人が死んだだけでいじめが止んだということは、みんな流されていただけなのだろう。けれど、正直なところあれは仕方がなかったんじゃないか、とも思う。もし根津原に歯向かえば、次はそっちがターゲットになっていたかもしれない。景ですら根津原に閉じ込められたくらいだ。何をされていてもおかしくなかった。

けれど、景は僕の為に立ち向かってくれた側の人間だった。だからこそ彼女は、普段とはうって変わって冷徹な顔で彼らを断罪している。その権利が自分にはあるのだと信じ切っている。

「……勿論、私もいけなかったよ。あの時の私は何の力も無くて……周りの人を正しい方向に流せなかった。だから、何も考えないみんなは何も考えないまま、宮嶺を見捨てた。あんなの間違ってる」

「あんなの間違ってる……って、そうかもしれないけど。……でも、仕方がないよ。あの時はみんな根津原に影響を受けていたし、抵抗出来なかったんだと思う。……みんなを責めても仕方ないよ」

「でも、もしクラスのみんなが流されない人間だったらどうだったかな？　あそこで根津原くんの言いなりにならないで、みんなで抵抗の意志を示せていたら事態は変わっていたと思わない？　全員じゃなくていい。四人も居れば、風向きは変わったかもしれない」

「それはそうかもしれないけど。……そんな人ばかりじゃないよ」

景みたいに強い人間ばかりじゃない。この時点で、僕は寄河景という明らかに強い人間との齟齬《そご》を感じ始めていた。それでも、過去のいじめに関する景の分析は終わらない。

それどころか、話は核心に近づき始めていた。

「うん。そういう人ばかりじゃない。だから、世界は変わらない。だから、私はブルーモルフォを創ったんだよ」

「……どういうこと？」

「要するに、流される人間が居るからいけないんだ。そういう人間は意思を失って、自分のことを見誤って、誰かのことを平気で傷つけるようになる。……分からないかな？私がブルーモルフォを創ったのは何故か。あのシステムがどうなっているのか」

「そんなの……」

分かるはずがない、と言おうとしたところで、言葉に詰まった。

景の言葉が正しければ、ブルーモルフォはただ単に指示に従うだけのゲームらしい。五十日に亘って指示に従い続け、最後に送られてくる指示に従って自殺することでゲームが終わる。例外は無い。

そのルールと、さっきまで景が語っていた言葉が繋がる。理解したくないはずなのに、六年生の時に起こったこととブルーモルフォのシステムがリンクする。

「分からないかな。私が誰を殺そうとしているのか」

ヒントでも与えるかのように、景がそう続けた。僕は殆ど喘《あえ》ぐように言った。

「………指示に流されて、自殺してしまうような人間？」

景が小さく頷く。

「宮嶺も言っていたよね。インターネット上の見ず知らずの人間の指示に従って自殺するなんてありえないって。でも、この世界にはそういう人が居るんだよ。誰かの言葉に従い続けて、たった一つの命さえ捨ててしまうような人が。ブルーモルフォなら、そういう人間を淘汰《とうた》出来る。自分の頭で考えられない人間を選んで殺せる」

だから、ブルーモルフォを創ったのか。確かに、理解出来ない話ではない。けれど、それはあくまで机上の話だ。実際にそれを実行するというのは話が違う。

「じゃあ、景は……ブルーモルフォを通して、人を間引いてるの？」

「そうだよ」

景は欠片も躊躇わずにそう言った。景には怯えも迷いも無い。自分がやっていることに対して、景ははっきりと自信を持っているようだった。

もしここがいつもの生徒会室だったら、無理矢理否定することも出来たかもしれないけれど、僕はさっきブルーモルフォによって死んだ木村民雄を見たばかりなのだ。腕時計を見ながらあそこで待っていたのに、偶然で片付けられるはずがない。

「……今までブルーモルフォで何人が死んだの？」

「今日の木村くんで三十六人」

途方も無い数字だった。始業式で告げられた自殺率の増加についての話を思い出す。ブルーモルフォの所為じゃないかという馬鹿げた噂が、本当は一番真実に近かったんだ情けないくらい身体が震え出していた。さっきまで火照っていた身体が、景に触れられたところから冷えていくようだった。

「……………人を、殺して、それで、何で、平気なの？」

「……それはね、彼らが死ぬべくして死ぬ人間だからなんだよ」

「死ぬべくして死ぬ人間って……」

「ブルーモルフォのプレイヤーは予めみんな欠けている。ブルーモルフォで死ぬ人間に足りないものが何か分かる？　誰かにとってはぬくもりだった。誰かにとっては理解だった。誰かにとっては人との繋がりだった。ねえ、宮嶺。ゲームの参加者は命の代わりにそれらを与えられる。私ならそれが出来る。少なくとも、彼らは満足して死ねる。木村くんを見たよね？」

確かに、高台から飛び降りる寸前の彼は、誰かに無理矢理脅されているようには見えなかった。随分憔悴しているように見えたけれど、死ぬ寸前の彼はどこか幸せそうだった。長く続いた映画のエンドロールのように、晴れた空を仰いでいた。

「彼は不幸そうに見えた？」

「……見えなかった、けど」

「本当に死にたくないって意思があるなら、私なんかの言葉で死ぬはずがないよね？

それなのに死んだってことは、木村くんは心の底から死にたかったたってことなんだよ」

それは、善名美玖利を助けた時と同じ言葉だった。あの時の景も、善名さんの命が助かったのは善名さん自身のお陰だというスタンスを崩さなかった。やっていることは正反対なのに、景だけは全く揺らいでいない。立っている場所が変わらない。向いている方向が変わっただけだ。

「……そんな、」

「青い蝶《ブルーモルフォ》の良いところは、善良で賢い人間や、本当は死にたくない人間は絶対に死んだりしないことだよ。普通に生きていたら、こんなゲームに引っ掛かったりしない。流されたりしない。自分で死のうなんて思わない。ブルーモルフォのプレイヤーはみんな、本当に死にたがってるんだよ」

景は惑うことの無い瞳を僕に向けていた。善名美玖利を説得していた時と同じだ。呆気に取られた僕を置いて、景は淀みなく言葉を紡いでいく。

「死ぬべき人間が幸せに死ねること以上に大切なことってあるのかな？　ブルーモルフォで死ぬような人間は、いつかきっと同じように流されて過ちを犯す。そうなったら宮嶺のような犠牲者が現れる」

その瞬間、景が重ねていた手を離した。その代わりに、僕の身体が引き寄せられる。殆ど一瞬の内に、僕の身体は景に抱きしめられていた。

「私はもう、そんなの見たくないんだよ」

耳元で囁かれる声が震えている。抱きしめられている所為で表情は見えないけれど、彼女の声がやけに熱っぽく聞こえた。

「もう分かったよね。私は宮嶺が好きだから、ブルーモルフォを創り出せた。宮嶺のことが無かったら、私はブルーモルフォを運営出来なかった。だから、これが愛の証明。……私があげられる全部」

「ぼ、くが、」

喉が張り付いて痛かった。出てきた声は子供のように震えていて、上手く言葉が出てこない。

「警察に、言ったら、どうするつもりなの」

「警察？」

その可能性は十分に考えられたはずだ。もし景の言葉が本当なら、景はただの殺人犯じゃない。連続殺人鬼だ。景は罰を受けなければならない。

けれど、景はただ微笑んでいた。何も疑っていない顔で、何の衒いもない顔で。

太陽の光を浴びて、景の茶色の目が一層鮮やかに映えていた。

「言ってもいいよ」

景は少しも揺らぐことなく、静かにそう言った。

「何で、そんな」

「だって宮嶺は私のヒーローだもん。ヒーローなら悪と戦わないと」

高校生の寄河景と小学生の頃の景が重なる。靡く髪の中に、彼女の着けていた赤いリボンを幻視した。意志の強そうな目がまっすぐ僕を射抜く。その顔に傷はもう無かった。

それでも、僕は彼女の傷に未だ囚われている。景の口が再度開いた。

「お願い。私が間違っているのなら、今ここで宮嶺が止めて」

■第三章

1

その死体が見つかったのはうら寂しい高架下だった。度々ホームレスの仮の住まいになっては、警察が強制退去を命じるといういたちごっこを行っていた場所でもある。だから、発見者の女性は最初、それを単なるゴミだと認識したらしい。青いビニールシートでぐるぐる巻きにされていたから尚更だった。大きくて不恰好《ぶかっこう》で、処分に困りそうなもの。見るからに不法投棄されそうな代物だ。実際に、発見者は一度はこの『ゴミ』を素通りしようとしていたのだ。

そうしなかったのは、ゴミが靴を履いていたからである。

青いビニールシートから覗くローファーを見て、発見者はすぐさま警察に通報した。賢明な判断だった。もし中身を見ていたら、向こう半年はそれを夢に見ただろう。

ビニールシートの中身は都内の高校に通う二年生、丸井《まるい》蜜子《みつこ》の死体だった。

死因は失血死とされているが、本当のところは分からない。というのも彼女の身体には無数の殴打痕と切り傷があったからだ。全身を覆う凄惨な暴力の跡を見て、警察関係者ですら息を呑んだ。どんな理由があれば、女子高生がこんな死に方をするだろう？

丸井蜜子は数日前から姿が見えず、警察が行方を捜していた少女だった。その結果がこれだ。

丸井蜜子の両親は変わり果てた彼女を見て取り乱し、まともに話すら出来なかった。無理もない。現実の凄惨さは、想像を数段超えていたからだ。

彼女の太腿《ふともも》には、カッターで無理矢理彫り込んだかのような歪《いびつ》な傷が付いていた。放射状に伸びるその傷は、程なくして『蝶』と呼ばれるようになった。細い腿の内側で不自由そうに赤黒い羽根を開いている。その禍々しい傷は発見当初から話題になった。殆ど突き立てられるような強さで刻まれた傷は、この凄惨なリンチ殺人の異常性そのものに見えたからである。

この後警察は、幾度となく『蝶』を抱えた死体と遭遇するようになる。

丸井蜜子が発見された頃、警視庁捜査一課所属・入見《いるみ》遠子《とおこ》巡査はジャングルジムで首を吊った男子高生の調書を作成していた。名前は野済健太《のずみけんた》、十六歳。死因は首を吊ったことによる窒息死。発見者は犬を散歩させていた近所に住む老人だった。

元より自殺は気が滅入《めい》る案件だが、それが高校生のものなると一入《ひとしお》だ。野済健太の生前の写真を確認しながら、入見は大きな溜息《ためいき》を吐いた。端正な顔には、疲労の色が濃く広がっている。そんな入見の様子を見た高倉《たかくら》が、軽い調子で話しかけてきた。

「入見先輩、それ、どうですか」

「どうって？」

「昨日の朝に見つかったやつですよね？ 発見者が取り乱してまともに話が聞けなかったってやつ。結局、事件性はあったんですか？」

「いいや、自殺だよ。検死の結果もそう出てるし、私個人としても疑う余地は無いと思う」

おまけに、野済健太が首を吊ったジャングルジムには、ご丁寧に直筆の遺書まで添えられていたのだ。「今までありがとうございました。僕は死にます」とだけ書かれたシンプル過ぎる遺書だったが、間違いなく彼の筆跡だった。

「でもさ、おかしいんだよね」

「何がですか」

「最近、このパターンが多過ぎるんだよ」

入見はそう言って、タブレットの表面をコツコツと二回叩いた。

「取手菜美子《とりでなみこ》、田畠優作《たばたゆうさく》、甲斐雅子《かいまさこ》、山田棗《やまだなつめ》、村井初代《むらいはつよ》、猪頭浩平《いがしらこうへい》、野済健太。そして木村民雄。今月だけで同じ年頃の中高生が八人も自殺してる。しかも彼らは各々ちゃんと遺書を残し、自分達が紛《まが》う事なき自殺であることを表明して死んでいってるんだ」

「……嫌な話ですね」

「嫌な話な上に、おかしな話なんだよ。彼らは全員、死ぬ二週間以上前からおかしな行動を取り始め、木村民雄を除いて全員が明け方に死んだ」

今回の野済健太の場合もそうだった、と入見は続ける。野済は朝の四時頃に家を抜け出し、近所の公園に向かうと、ジャングルジムで首を吊って死んでいた。

「公園に人が居る時間帯だと、誰かに止められるからじゃないでしょうか」

「まあ、白昼堂々やれることじゃないからね。でも、この七人の内の一人……甲斐雅子は、朝四時頃に家の風呂場で首を剃刀《かみそり》の刃で切り裂いて死んでいる。これは一概に人の目を避けての行為とは言えないんじゃないかな。あとは、この山田棗のパターン。彼もまた同じ時間帯に自宅マンションの屋上から飛び降りて死んでいるけれど、住民だったら自由に出入り出来た」

「……なるほど」

「そもそも単純な話、朝四時の自殺が七件も続いている事自体異常だよ」

「こう言ったらなんですけど、呪われてるみたいで正直薄気味悪いですね」

「呪いじゃなかった場合の薄気味悪さにこそ耐えられそうにないけどね」

入見は真面目な顔をして、そう言った。確かにその通りだった。超常的なことが何も介在しないで、ただ淡々と人が死ぬというのは、分かりやすい悪夢だ。

「私はこれを集団自殺じゃないかと考えている」

「集団自殺？　死んだ彼らには面識があったと？」

「いいや、先の七人に接点は何も無い。通っている学校も、住んでいる場所も死んだ日も違う。……考えられるのは、集団自殺サイトか何かを使って引き合わせられて、死ぬ約束をした、とか……」

所謂《いわゆる》『ネット心中』と呼ばれるパターンだ。死にたいという願望を持った人間が、ネット越しに別の自殺志願者を探し、自分の持っている苦しみについて吐露し合いながら死んでいく。ネット心中は必ずしも同日同時刻に自殺が起こるわけじゃない。死んだ学生達に接点が無くてもいいわけだ。

だが、入見の違和感は拭えなかった。良くも悪くも、ネット心中を行おうとする子供達には一種のパターンがある。それに比べて、今回の七人は随分個人主義的で、無軌道だった。自殺手段も日にちもバラバラなのに、その時刻だけが奇妙に揃っている。彼らは互いに示し合わせているというより、何か別のものに従っているような……。

「死んだ七人のＳＮＳなどは確認出来ないんですか」

「確認出来たよ。けれど、大したものは出てこなかった。異様なまでにクリーンだったんだよ。死にたいの言葉も、軽口の延長線上にしか出てこなかった」

　自殺志願者であれば、少なからず日常の苦しみや、それとない希死念慮などを仄《ほの》めかしたりするものだったが、今回の野済健太のアカウントに残っていたのは、授業や自身の所属するサッカー部に関する他愛の無い呟きや、進路へのありふれた不安だけだった。

「その上、七人はSNS上で繋がっていたというわけでもない。勿論、メッセンジャーアプリなどを使って個人的にやり取りをしていた可能性、自殺前にそれを消した可能性はなくも無いけれど……。どのSNSを使っていたのかも分からないのに、手当たり次第運営に復元を頼むわけにもいかないよ」

　それこそ国内外のものを含めれば、SNSなんて星の数ほどある。どれを使っていてどれを使っていなかったのかを割り出すのは不可能に近い。主要なものから総当たりしていくにしても、開示の労力は果てしなかった。何個かは試してみるつもりだが、結果が出るのは先になるだろう。

「まあ、他にも決定的な共通点があるんだけどね」

「そんなものがあるんですか？　ならそれを先に教えてくださいよ」

「……悩ましいんだよ。共通点を過剰に見出《みいだ》そうとする私のバイアスかもしれない。単に何かしらの影響かもしれない。あるいは新興のカルトか、本物の呪物か。だからこそ、これは最後に――」

「随分暇そうじゃねえか、入見。若ぇのはべらせてペチャクチャ講釈垂れてるだけで警察気取りかよ」

その時、わかりやすく悪意の滲んだ声がした。

「こっちは胸糞悪《むなくそわる》いリンチの担当なのによ」

「それはお疲れ様」

動じる事なく返す入見に対し、日室衛《ひむろまもる》は忌々しそうに鼻を鳴らした。このところの日室は、まるで疲れ果てた老人のように見える。まだ四十にもなっていないだろうに、縒《よ》れたスーツと伸びっ放しの髭《ひげ》、それに落《お》ち窪《くぼ》んだ目がそんな印象を与えるのだろう。それなのに、身体だけは以前と変わらずがっしりと筋肉が付いていて、それがなおのことアンバランスだった。

「そうして日室刑事が真面目に捜査してくれているから、私の方も自分の担当に集中出来るんだ。感謝してるよ」

「女狐《めぎつね》がよく言うな。そんなに感謝してるなら、茶の一杯でも用意して出迎えてみろってんだ」

「それは私の業務外だから」

淡々と返されることに苛立《いらだ》ったのか、日室は大きく舌打ちをして自分の席に向かおうとした。その背に「あ、少し良いかな」と入見が声を掛ける。

「日室警部の担当は、例の高架下のリンチ殺人だろ。それ、私にも詳細を教えてくれない？　被害者は高校生だったとか」

「何でお前に教えなきゃいけねえんだよ。お前は死んだメンヘラどもの担当だろ」

「あのさ、私に嚙みつくのは構わないけど、死んだ子たちを貶《おとし》めていい道理は無いだろう？」

「日室警部、少し度が過ぎるんじゃないですか」

そう割って入ったのは、ずっと傍らで聞いていた高倉だった。高倉は嫌悪感を隠しもせずに日室を睨む。

「あんな事件を起こしておいて、今度は入見先輩に嚙みつくんですか。あれでどれだけ迷惑をかけたか自覚がないみたいですね」

「ああ？　てめえ誰に口利いてんだ。覚悟出来てんだろうな」

「そういう態度だから、ああいう事態を引き起こしたんじゃ――」

「待て、高倉」

静かな声で、入見が制した。

「こんなことで私に注意させてくれるなよ」

入見がそう言ったのに合わせて、場の空気が少しだけクールダウンする。日室は一つ大きく舌打ちをすると、さっさと何処かに行ってしまった。恐らく喫煙所だろう、と類推しながら、高倉は小さく溜息を吐いた。

「日室さん、何だか最近おかしいですよ」

「……警察官だって人間だから、精神的に追い詰められることだってある」

「日室さん、やっぱりあの一件から立ち直れてないんじゃないでしょうか」

「さあ、私には分からない」

日室衛は半年ほど前に、被疑者を射殺している。

射殺された男は、コンビニ強盗で現行犯逮捕されたのだが、一瞬の隙を突いて日室の持っている拳銃を奪おうと試みた。そして、日室と男は揉み合いになり、最終的に男は射殺された。

日室は酷い非難に晒された。無理も無い。元より、日本の警察はよほどのことが無い限り発砲をしない。加えて、この惨劇を引き起こしたのは、偏に日室のミスだ。

日室は長らく優秀な警官だった。その功績もあって、表立って彼が処分されることはなかった。悪評とバッシング以外は、何も起こらなかった。

けれどその一件以来、日室は明確に変わった。

余裕が無くなったのか、周りと頻繁にトラブルを起こした。さっきのように因縁のようなものを付けてきたり、それとは逆の被害妄想に囚われたり。

カウンセリングを受けるべきだという意見もあった。けれど、あの様子の日室がそれを簡単に受け入れるとも思えなかった。

「彼自身がどうにかするしかないよ。実際、何度も周りがアドバイスをしているんだから」

果たして、そんな人間を救う方法はあるのだろうか。治療さえ拒否し、緩やかに崩壊を続けている人間を救う手立ては。そんなことを考えながら、入見は日室の残した資料を手に取った。何と無しに、ページをパラパラと捲《めく》っていく。

「今度は同じ年頃の学生が被害者のリンチ殺人か……」

そして、あるページに辿り着いた瞬間、息を呑んだ。

「……嘘だろ」

「どうしたんですか？」

「さっき、死んだ子たちの共通点は他にもあるって言っただろう？　それがこれだよ」

そう言って、入見はタブレットを開く。そして、何枚かの写真がクリップされた画面を見せてきた。写真には拡大された身体のパーツが——二の腕や胸や足の裏が写っていた。

そのどれもに、赤黒い傷跡がある。大きさや形、治り具合はまちまちだったが、切れ味の悪い刃物で無理矢理彫り込んだようなその傷は、独特の禍々しさを共通して持っていた。

「多分、個人個人で痛みに対する耐性や上手さが違ったんだろうね。このバラつきがあったから、限りなく低い可能性だけど――偶然似たような傷が出来たんじゃないかとも思っていた。それが真っ先にこの傷の話をしなかった理由だよ。なあ、これ何の形に見える？」

言い淀む高倉の前で、入見ははっきりと言った。

「私には蝶に見える」

畳み掛けるかのように、入見は丸井蜜子の調書に添付された写真を見せてくる。太腿に刻まれた蝶の形の傷の写真だ。

「これで九人の共通点になったね。自殺したのと殺されたのとで違いはあるけれど、ここ最近死んだ中高生たちには、どれも同じように蝶型の傷がある」

2

目覚まし時計よりもずっと早くに目が醒《さ》めた。昨日は帰るなりベッドに入ったから、その分睡眠時間がズレ込んだんだろう。規則正しい七時間睡眠を、今日ばかりは疎ましく思う。まだ朝日が昇ったばかりだ。カーテンの隙間からは夕焼けに似た赤い光が差し込んでいる。

目の前で人が死ぬところを見た。景からの衝撃的な告白を受けた。そのどれもが衝撃的過ぎて、殆ど受け止め切れなかった。夕飯すらまともに食べられず、そのまま部屋に引きこもってしまったくらいだ。

もう何も考えたくなかった。意識を沈めていないと、昨日の殺人が戻ってくる。

それでも、夕食を抜いた分ちゃんとお腹《なか》は空いていて、喉もからからに渇いていた。無視して眠り続けることも出来なくて、僕はのろのろと部屋を出る。

冷蔵庫の中にはラップの掛けられたエビフライがあった。付け合わせのレタスはすっかりしなしなになっている。恐らく、夕飯に出る予定だったものだろう。ラップを剝いで、何も付けないまま冷たいそれを食べた。久しぶりの刺激に、舌が微かに痺れて、喉の奥に痛みを覚える。でも、美味しかった。

飢餓感が薄まって、人間に戻ったような心地がする。そのままエビフライを食べ終わる頃には、僕はいやに落ち着いていた。空になった皿を流しに置いて部屋に戻ると、そのまま『青い蝶《ブルーモルフォ》』を検索した。

ずらっと出てくるのは質の低いまとめサイトや都市伝説染みた煽《あお》り方をしている掲示板ばかりだ。真面目に取り上げているサイトを見ても、内容は僕の知っているものとそう変わらない。あとは、ブルーモルフォに参加する方法を真面目に尋ねている人間がちらほらコメントを残しているだけだ。

未だ多くの人が単なる都市伝説だと思っている。現世脱出ゲーム・ブルーモルフォ。『プレイすれば死ぬゲーム』という低俗なキャッチコピーと、景が真剣に語っていた『淘汰』の言葉が上手く繋がらず、結局は木村民雄の飛び降り自殺に考えが向いてしまう。

ブルーモルフォについて語る人々は、みんな一様に「こんなもので死ぬはずがない」「これで死ぬやつはこれが無くても死んでた」と斜に構えたコメントを残していた。すんでのところで、木村民雄の話題を出しそうになってしまったくらいだ。ブルーモルフォを通して、本当に人は死ぬのだ。

けれど、そこでこうも思った。みんなはブルーモルフォに感化されて自殺した人間とそうでない人間を区別出来ていない。木村民雄のことだって、単なる自殺としか思っていない。

なら、ブルーモルフォは、みんなが気づいていない間に、静かに世界を変えていくかもしれない。

そうなったら、景の言う通り流されない人間だけが生き残るのかもしれない。……この国の全人口を考えたら馬鹿げた話だけれど、景ならそれを叶えられるんじゃないかと思った。そうなったら、本当に僕のような人間もいなくなるのかもしれない。

そうしている内に、いつもの起床時間になった。のそのそと身支度をして部屋を出ると、ダイニングでは丁度、スーツ姿の母親が朝食の準備をしているところだった。

「おはよう、望。冷蔵庫観たんだけど、エビフライだけ食べたの？」

「……夜中に目が醒めて、その、美味しそうだったから」

「ご飯も炊飯器の中にあったのに」

何も知らない母親がそう言って笑うので、胃の奥が重くなる。数年前から、僕はこの人にずっと隠し事をし続けている。

テレビを点けてニュースを確認しても、木村民雄の自殺はまだニュースになっていなかった。テレビの中では、とある政治家の不当献金疑惑が取り沙汰されていた。

いつもより早く出て景の家のインターホンを鳴らすと、「少し待ってて」という景の言葉と、背後から景のお母さんの声が聞こえた。がちゃりと音がして扉が開くと、いつもと同じ景が出てくる。

「おはよう、昨日はありがとう」

「……ありがとうって……」

「ほら、私の用事に付き合ってくれたでしょ？　だからだよ」

そう言って景が屈託なく笑う。何と返そうか迷っている間に、景が僕の手を取った。

「一緒に学校行こうって誘ってくれてるんでしょ？　なら早く行こうよ」

まるで恋人同士のように、景が僕の手を引く。振り払うことも出来ないまま、僕はバス停まで手を引かれたまま歩いて行く。


「お願い。私が間違っているのなら、今ここで宮嶺が止めて」

そう言われた瞬間、僕はあの時の滑り台まで引き戻され、血を流す景の姿が頭を過る。根津原を殺したと言ってきた景の姿も過る。そして木村民雄が飛び降りる様も。呼吸が浅くなり、脳の奥が熱くなる。

「間違ってない」

考えが纏まらないまま、僕の口からはその言葉が口を衝いて出た。

「……景は間違ってない。警察には言わない。大丈夫、僕は景の味方だよ」

我ながら中身のない言葉だった。物事が冷静に判断出来ていたとは思えない。あの時の僕が考えていたことは、景が警察に捕まって欲しくないという一念だった。

それから先は何を言ったかも覚えていない。僕の目には情けないことに涙が浮かんできて、まるで僕の方が景に赦しを乞うているみたいだった。

永遠に続きそうだった僕の言葉は、景の唇によって塞がれた。

景にキスをされた瞬間、ふとシュニッツラーが書いた小説のことを思い出す。信頼の証《あかし》として、主人公は兄に病院への紹介状を渡す。「私が狂人であるかどうか君が判断して欲しい」と言って、自分の全てを託すのだ。

それと同じだ。僕は景の全てを託されている。モラルと愛情の間で僕の天秤《てんびん》が狂い始めていた。


僕は景を怪我から守り、世の中の理不尽から救う、そういうヒーローになりたかった。けれど、僕が出来るのは彼女の殺人を肯定することだけだった。

繋がれた手から、少し高い景の体温が伝わってくる。彼女の隣を歩くだけで多幸感が流れ込み、胸の奥が痺れた。景がごく自然に会話を回してくれるから、話に迷うこともない。合間に挟まれる沈黙すら心地よかった。

それなのに朝の光に混じって、未だに昨日のフラッシュバックが差し挟まれてくる。柔らかな空気の中に紛れ込む鮮烈な像が、今の時間を単なる幸福にしてくれない。

そんな僕の様子に気がついたのか、学校に着いたタイミングで景が言った。

「青い蝶《ブルーモルフォ》のことが気になるの？」

思わず息を呑んだ。そんな僕に対し、景はゆっくりと続ける。

「だったら放課後、生徒会室に来て？」

耳元で景がそう囁く。雑談と変わらないトーンで、ブルーモルフォの単語が反響する。

言われた通り生徒会室に行くと、そこには景の他に宮尾も居た。宮尾は僕の姿を認めるなり「あ！」と嬉しそうな声を上げ、そそくさとこちらに歩み寄ってきた。

「聞きましたよー、とうとう寄河先輩と付き合い始めたらしいじゃないですか」

「え、」

思わず景の方を見る。景は悪戯っぽい顔でこちらを見ると、小さくピースをしてみせた。

「それじゃあ俺は帰るので。あとはお二人でよろしくどうぞ」

宮尾の顔には隠し切れない笑みが浮かんでいた。二人きりの生徒会室に、ややあって景の声が響いた。

「……ごめん、嬉しくて。嫌だった？」

「嫌、では……ないけど……」

「良かった」

らしくない声を出しながら、景が笑う。本当に珍しく、寄河景が浮かれている。それはまるで、長年の恋が実った普通の女の子のようだった。その余韻を引きずりながら、景が言う。

「……ブルーモルフォの話だよね。何から話せばいいかな？」

「景が話したいことからでいいよ」

「折角だから、もう少し近くに来てくれる？　外から聞こえないように」

出て行った宮尾は、僕達がこんな話をしていることを想像もしていないだろう。僕は景の言う通り、景の隣の椅子に座る。景はわざわざ腿が触れ合うほど椅子を近づけてきた。

「……僕は、まだ、全部を受け入れられたわけじゃなくて、……その、景は……いつからこれを始めたの？」

動揺をしている僕と、冷静に動機をインタビューしている自分が乖離《かいり》しているのが滑稽だった。通報することも止めることも出来ないのに、景のことを知ろうとしているのが、自分でもおかしい。混濁する僕の内心を置き去りにするように、景は話し始める。

「ブルーモルフォの構想自体はずっとあったの。これで私の目標が達成出来るかもしれない、と確信が持ててから、最初の一人に手を出した」

そう言って、景は始まりについて語り始めた。

最初の一人を見繕ったのは、とあるＳＮＳだった。高校生の大半がそのアカウントを所有し、内外に向けて個人的な日記や写真を投稿している。景はその膨大なアカウントの群れの中から、一人を選んでメッセージを送った。

「この時に私が選んだのは、死にたいという言葉を繰り返して発信していて、その言葉に対して何も反応を貰えていない子。もし慰めてくれたり、少しでも反応してくれるユーザーがいたらその子は避ける。漠然と、ただ救いを求めている子にメッセージを送って、まずは『自分も死にたいんだ』って共感を示す。私とその子はすぐに仲良くなった」

そこまでは簡単に想像がついた。景は誰とでも仲良くなれる女の子だ。人の気持ちの機微に詳しいし、どうすれば相手が喜ぶかをちゃんと理解している。

目を付けた彼女の好きなものは教科書に載るような文豪の少しマイナーな短編だった。確かに代表作とはされていないものだけれど、少し小説に凝っていれば読んでいておかしくないものだった。景はそんな短編を知っているのは凄いと持て囃《はや》し、彼女の感想を聞きたがった。

「感想を聞くことで何が分かるの？」

「そうだね。その子がどう見られたいか、かな」

そうして仲良くなった後は、彼女の悲しんでいることの原因に切り込んでいく。実際に通話アプリで会話もしたらしい。彼女は毎晩毎晩自分がどれだけ不幸で恵まれないかを景に語り続けた。それはどれも他愛の無いものだったけれど、繰り返し語らせることで、彼女は本当に自分が取り返しのつかない不幸の中に居るのだと思い込むようになった。

あとは転がり落ちるだけだった。景は彼女の不幸がどれだけ独創的で救いようがないかを認めてあげるだけでよかった。景とコンタクトを取って二ヶ月後、その子は景に会えて良かったとのメッセージを残して自殺を果たした。

「景が死ねって言ったの？」

「私はただ話しただけ」

その話を聞いた時、正直判断に困った。

最初の一人は、果たして寄河景が殺したと言っていいんだろうか。自殺教唆という罪があることは知っている。けれど、景はただ彼女と話をしただけだ。

「その子の後に二、三人同じことをした。それが中学三年生の頃だった」

僕に勉強を教えている傍らで、誰かの希死念慮を肯定し続けていたのかと思うと、少しだけ背筋が寒くなる。勉強を教えてくれる景の優しい声が好きだった。あの声で、景は夜ごと誰かを『流して』いたのだろうか。

「それで、高校生に上がってから、ブルーモルフォを創った。……でも、ブルーモルフォの仕組みを作ったのは、本質的には宮嶺なんだよ」

「僕が？」

思わず声が裏返った。

「あるいは根津原くんが」

景が少しばかり眉間に皺《しわ》を寄せて言う。

「私はあのことをずっと考えていた。そしたら見えてくるものがあった。あのいじめを、どうして周りの人が止められなかったか」

景は僕に勉強を教えてくれた時の怜悧《れいり》な表情で続ける。

「根津原くんのいじめは日を追うごとにエスカレートしていったんでしょ？　日ごとにステップアップしていた」

「……確かに、そうだったけど」

「根津原くんが最初から骨を折っていたら、周りの人は止めていたと思う」

景がはっきりとした口調で言う。

「いくら何でもやり過ぎだって、ちゃんと言えていたと思う。でも、実際に宮嶺の骨が折られた時、周りの人は何も気にしなかったでしょ？　それは、悪意に慣れたからだよ。最初は無視や悪口から始まって、筆記用具を隠す、教科書を隠す、靴を隠す、そして水をかけられたり閉じこめられたり……って段階的に過激になっていったでしょ？　あれだと、心理的抵抗が凄く少ないんだよ。そうして最後には直接的で凄惨な暴行を加えても何も感じなくなる」

確かに景の言う通りだった。始まりは本当に些細《ささい》なことで、みんながそれを無視しても、仕方が無いと思うようなことだった。僕ですら、最初はそれを気にしないように努めようとしていたくらいだ。

でも、それでみんなは――当の根津原ですら、僕を傷つけることに慣れていったのかもしれない。

「まず、単純な指示をこなさせること」

言いながら、景は人差し指を立てた。

「この程度なら大丈夫、この程度なら平気、というものをこなさせる。ブルーモルフォで最初に与える指示は『手近にある紙に蝶のマークを描く』にする。これなら簡単だしすぐ出来るでしょ？　これくらいならみんなすぐにやってくれる。次に『自分の手首の長さを測る』とか『ブルーモルフォ用の新しいペンを買う』とか、小さな指示を与えると、これもやってくれる。すると、『手首の上に蝶を描いてみる』なんて指示もこなしてくれるようになる」

景の言っている指示は本当に他愛のないものだ。確かに少しずつステップアップしているようだけれど、簡単に出来る。

「でも、蝶を描くのと飛び降り自殺をするのは全然違う」

「……ねえ、宮嶺。覚えてる？　宮嶺は私に、死にたいって言ったことがあったよね」

そう言われた瞬間、僕の意識があの教職員用の下駄箱の前に引き戻される。大人に言った方がいい、と主張する景の前に泣きながら縋《すが》った日の話だ。

「……言った。景に、蝶図鑑のことがバレた時……」

「宮嶺にそう言われた時、私は凄くショックだった。何でこんなことを宮嶺が言い出したのかって思ったんだ。それで気づいたんだよ。宮嶺、あの頃殆ど眠れてなかったでしょ？」

「うん。……不眠症だった」

「そうだね。だからまともな判断が出来なくて、精神が死にかかっていた。睡眠を奪うっていうのが人を死に向かわせる。これも私は根津原くんと宮嶺の事例から学んだ」

水を汲み上げるかのように、景があの出来事から知識を抽出しているのが分かる。

「指示をこなすのに慣れさせたら、今度はその指示を朝の四時にやらせるの。そのまま、睡眠時間を削るような指示を与え続ける。朝方に屋上に登らせて、暗い中で朝を待たせたり。朝に家を抜け出させて橋に向かわせたりね。そうすると、プレイヤーは目に見えて思考力が低下する」

「その後はどうするの？」

「この段階で、ある程度篩《ふるい》に掛けられる。流されるままに指示をクリアする人間には適性がある。そう判断したら私が話すの。最初の一人みたいに。そして、残りの課題もこなさせて、それで終わり」

景はそのまま魔法のように手を閃《ひらめ》かせると、最後にぎゅっと握ってみせた。

「それで人間が死ぬなんて信じられないと思ってる？　分かるよ。でも、この方法で既に三十六人が死んだ」

三十六人、という数に実感が持てない。僕が意識出来るのは、目の前で死んだ木村民雄だけだ。

「今もブルーモルフォを動かしてるの？」

「そうだよ」

景がまっすぐな目で僕を見る。大きな目には、困惑した情けない顔の僕が映っていた。

「……それで？」

「それでって？」

「僕は景に何が出来る？」

この期に及んで、情けない言葉だった。ややあって、景は言った。

「私のことを見ていて欲しい」

凜々《りり》しいその声に反して、景の顔は弱々しく歪んでいた。

「私は弱いから、迷ったり、逃げ出したくなるかもしれない。そうならないように、君が私を監視して」

こんな景を見るのは久しぶりだった。それこそ、跳び箱に閉じ込められた時のような声だった。

「宮嶺はどんな時でも私の傍に居てくれた。私のことを見ていてくれた。そのことがどれだけ私の支えになったか」

景がそこで小さく喉を鳴らす。もしかしたら、景は涙を堪えていたのかもしれない。そこまで言うと、景はゆっくりと目蓋を閉じてから、こう続けた。

「木村くんのことだってそうだよ。宮嶺が居てくれたから、私はちゃんと自分のやったことを見届けられた。一人だったら、私は逃げ出していたかもしれない」

柄に無く緊張した面持ちの景の横顔を思い出す。もしかすると景はあの公園で初めて、自分が指示をした人間が死ぬところを見たのかもしれない。自殺させる、ということに本当の意味で向き合っていたのかもしれない。

飛び散る赤色を見ながら、景は何を考えていたのだろう。

その時、景が僕の胸にゆっくりと手を当てた。心臓のある部分、早鐘を打つ鼓動が景の手に伝わる場所だ。

「……でも、もし宮嶺が私のポラリスになってくれるなら、私はもう怖くない。約束する。きっと私は迷ったりしない。だから宮嶺、改めて言うよ。……私の傍にいて。君が私の正しさを観測して」

そう言って、景が深く息を吐いた。溜息と共に、景の目に薄く涙の膜が張る。どうすればいいのか分からなかった。

この期に及んでも、僕はまだブルーモルフォに強い抵抗を覚えていた。僕が好きだったのは、自殺防止スピーチをしていた寄河景だったからだ。

出会ったばかりの頃、まともに話せない僕の手を引いてくれた景であり、僕の背中をぎゅっと摑んでいた景だ。でも、その景は、僕の為に根津原あきらに立ち向かおうとして閉じ込められた景であり、僕の靴を教職員ロッカーから避難させてくれた景でもある。

そして、死んでしまいそうだった僕を救う為に根津原あきらを殺し、僕のような人間が出てこないようにブルーモルフォを生み出してしまった景でもある。

僕の大好きな寄河景は、どうしたって今の彼女に繫がっているのだ。何処かで境界線を引こうとすれば、それまでの景まで否定することになってしまう。

何より、景が決定的に変わってしまったきっかけは、僕にある。

あそこで僕が虐められたりしなければ。根津原あきらに目を付けられなければ。あるいは景が跳び箱の中に閉じ込められなければ。そうしたら景がおかしくなってしまうことはなかった。景が人を殺すこともなかった。もしかしたら根津原あきらを殺した罪悪感が、景の心を押し潰してしまったのかもしれない。

そして今も景は、押し潰されそうな心のまま、よりによって僕を支えに人を殺し続けている。本来の彼女は心の底から優しい人間だ。悪意で以《もっ》て人を殺せるような人間じゃない。

景はそんな気持ちと葛藤しながらも、ブルーモルフォを運営することを選んだのだ。

そんな景の手を、僕が振り払えるはずがなかった。通報か静観か、選択肢が二つしかないのなら、僕が選ぶべきものは一つしかなかった。

胸に当てられた景の手を、ゆっくりと取る。その瞬間、景が弾かれたように僕を見た。

「大丈夫だよ……僕は絶対に、景の傍から離れたりしない」

僕の所為で壊れてしまった景に対して、責任を取る方法は今のところ一つしかない。

「どんなことがあっても、僕は君を守るよ。そう約束したから」

一瞬だけ、自ら火に飛び込む兎のイメージが過った。あげるものが何も無いから、自分の身を焼いて仏様にあげる逸話。けれど、僕にはこれしかなかった。

自らの良心に苦しみ、自分が生み出したブルーモルフォに苦悩している景は、僕が傍に居るだけで少し楽になるかもしれない。自分の正しさを信じてこれからも人を殺し続けるだろう。被害は拡大していく。

それでも、彼女の『正しさ』を肯定してあげられるのは僕しかいないのだ。

「景は間違ってない。……景は、正しいよ」

この時点で、きっと僕もおかしくなっていたのだろう。蝶図鑑と一緒に、人間として大切なものも置き去りにしてしまった。

「僕は景のヒーローだから」

僕がそう言うなり、景が僕のことを思いきり抱き締めてきた。そのまま僕の肩に顔を埋めて、景が静かに泣き始める。宥《なだ》めるように、僕も彼女を抱きしめ返す。徐々に濡れていく肩に、温《ぬく》もりを感じた。脳が浮かされて、目先の多幸感に包まれる。

その多幸感の中で、冷静な自分も居た。これでいいのか？　このままでいいのか？　と心の片隅で警鐘を鳴らす僕が確かに居る。

けれど、景は止められない。

何より、警察に通報出来るはずがない。警察に言えば景の人生は終わりだ。

多分、人間の想像力はある程度型に嵌《はま》っているのだと思う。だから一番最初に思い浮かんだのは、これがバレたら景が生徒会長で居られなくなる、ということだった。景が多くの人に批難されるとか、重い罰を受けるとか、そういうことより先に、そんな小さなことが浮かんでしまった。

恐らく僕は、この世で一番醜悪な思いを胸に抱いている人間だった。けれど、それだけが僕の本当だった。僕は景の味方で居る。絶対に。

その時はそんな気持ちだけがあった。

3

青い蝶《ブルーモルフォ》に関して、僕はあくまで傍観者だった。

これは罪を逃れようとして言っているわけじゃない。誰かを操る能力を持っていたのは景一人だった、というだけの話だ。

景は僕に何をかもを晒してみせたけれど、『見ていて欲しい』との言葉通り、僕に何かを求めたりはしなかった。木村民雄の自殺を日の当たりにしてから十日が経ってもなお、僕に求められたのは景の活動を見守ることだけだった。

景は生徒会室の代わりに、僕を自宅の部屋に招くようになった。誰かに聞かれても困る話だから、という理由を鵜呑《うの》みにしながら僕は景の部屋に行った。今思えば、景は僕を部屋に招く口実にそう言ったのかもしれない。なんて、そんな話は甘すぎるだろうか。

それから何度も行くことになる景の部屋だけど、流石に最初の時は緊張した。玄関周りもリビングの様子も、小学生の頃と少しも変わっていなかった。写真立てが増えて、中学生の景や高校生の景が混ざるようになったくらいだろうか。

それでも、あの頃とは何もかも違う。

両親は七時くらいに帰って来るんじゃないかな、とのんびり言う景の言葉の裏を考えながら馬鹿みたいに赤くなったのを覚えている。あの時景がからかいの言葉を掛けなかったのは、僕の汗が尋常じゃなかったからかもしれない。

景の部屋は綺麗に整頓されていた。女子高生の部屋のモデルケースのような部屋で、小学校の頃から変わらない大きな学習机の横に、赤いチェックの柄の掛布団が掛かったベッドが備え付けられている。景は部屋に入るなり伸びをすると、制服のジャケットと鞄《かばん》をそこに放り出し、そのままベッドに転がった。

「……シャツが皺になるんじゃないの？」

「あはは、お母さんみたいなこと言うね」

どうしていいか分からずに、僕はそのまま部屋の入口のフローリングに正座をした。景はちらりと僕のことを見たものの、何も言ってくれない。仕方なく、僕は部屋の観察を続けた。学習机の上には薄くて軽そうなノートパソコンが一つと、それに添えられるようにしてタブレットが置かれていた。

あれでブルーモルフォを動かしているのだろうか、と思うと別の意味で緊張が走った。優等生の女の子の部屋から蜘蛛《くも》の巣《す》が張られ、伸びた糸が誰かの命を奪っている。

「パソコンが気になるの？」

すっかりベッドに身体を預けた景が、のんびりとそう言った。

「あそこに入っているのはメッセンジャーアプリと、ブルーモルフォの管理リスト。タブレットにも同じものが入ってるから、こうしてベッドでやり取りしたい時はタブレット使ってるんだ」

ぐるりと身体を反転させながら、景が笑う。こうして気を抜いた状態で居る景を見るのも初めてだった。そうしてシャツに皺を寄せながら、誰かに指示を送っているのだろうか。

「そのタブレットとパソコンを使ったら、宮嶺も私も同じことが出来るよ。パスコード入れなきゃだけど」

「……しないよ」

僕の言葉が冷たく聞こえたのか、景は少しだけ唇を尖らせた。別に嫌悪感を示したわけじゃないけれど、景には何かしらの拒絶に映ったのかもしれない。ややあって、景が唐突に話し始めた。

「今ゲームに参加してるのは三十九人。基本的に私が管理出来るのは四十人くらいだから、適正人数なんだけど」

それが先日の話の続きであることを理解するのが遅れた。

「その三十九人はみんな指示に従ってるの？」

「そうだよ。今のところね」

今のところ、というところに少しひっかかりを覚えた。それはずっと気になっていた部分でもあった。指示に従っていた人が急に正気に戻って、ブルーモルフォに反旗を翻したらどうなるんだろうか。もしそういう人が警察に相談でもしたら、それが一気に崩壊につながるかもしれないのだ。

「宮嶺の不安は分かるよ。ある程度までゲームに嵌らせたら、抜け出せないように工夫してるんだよ。私はプレイヤーの個人情報や、外に出たら嫌な情報を握ったりね。あと、ブルーモルフォには〝クラスタ〟があるから」

「クラスタ？……集団、って意味だよね」

「ブルーモルフォでのクラスタは、相互監視のシステムだよ。ブルーモルフォでは数人をクラスタごとに纏めて、課題の達成状況を共有させてるの。個人個人で細かい達成感を与えるのも効果的だけど、こうすることによって、みんなが挙《こぞ》って課題の達成を見せつけ合うんだよ」

ブルーモルフォはゲームだ。ゲームというのは競争相手がいれば盛り上がるものだし、景はその部分も織り込んでいるということなのだろう。

「活性化していないクラスタは、誰か一人を選んで私が直々に交流をすると、それを喧《けん》伝《でん》するようになるから、それで盛り上がる。こうして個々のクラスタの熱量を一定に保つのがコツなんだ。そういうことで、クラスタはあくまでモチベーション管理の方法だったんだけど、最近は少し違った効果を上げてるんだよね」

景の言葉の意味を僕が知るのは、もう少し後になってからだった。この時の僕は、何と返していいか分からず、ただ黙ってベッドの景を見るばかりだった。間抜けな格好のまま固まっている僕に、景が笑って言う。

「ねえ、タブレット取って」

景の言葉に頷いて、僕はようやくフローリングから立ち上がった。ベッドの上の景にそれを渡す。その時初めて気がついたかのように、景が「ベッド座ったら？」と笑った。

「この部屋、クッション無いからね」

拒否することも出来なくて、僕は端の方に腰を掛けた。景がうつぶせの姿勢でタブレットを弄《いじ》る。

「ねえ、見て」

見せられた画像には、長い髪を一本に纏めて顔の横から垂らしている女の子が写っていた。ネットの画面か何かをキャプチャーしたものだからだろうか。画質が荒く、全体的に暗い。何処か不安そうな顔つきと、所在無げに細められた目が印象的だった。

「クラスタFに所属している、この石川《いしかわ》いすずさんが一番わかりやすいと思うよ。課題消化率は三十六、あと二週間で石川さんは死ぬ」

実験結果を語るかのように、景が言う。

「そしてこっちの遠藤剛士《えんどうつよし》くん。彼はクラスタNでリーダーシップを執っていた高校三年生。遠藤くんはブルーモルフォに対する忠誠心が高く、もう既に蝶も出ている。予定ではあと三日で死ぬ」

「蝶？」

それは景が選んだブルーモルフォのモチーフだったか。僕の疑問に答えるように、景が続ける。

「ブルーモルフォの指示に従って死んだ人間は、ここじゃない『聖域』に行ける。こんな世界から抜け出して、別の世界に羽化するの」

「何その……宗教みたいな話」

「人には物語が必要なんだよ」

景は事も無げにそう言った。

「思考能力の麻痺《まひ》と指示をクリアさせるだけじゃまだ足りないんだよ。欠けた人間に欲しいものをあげるって、最初の時に言ったでしょ？」

「それが物語なの？」

「自分がどうして苦しんでいて、何の為に生まれたのかの理由。それらは全てブルーモルフォの為に死んで、死後の楽園に転生して幸せに暮らす為だったんだって、そういう筋道立った物語が欲しいんだ」

それを聞いて思い浮かんだのは、木村民雄のことだった。あの満ち足りた表情のことを思い出す。どうしてあんなに幸せそうな顔をしているのだろう、とは思っていた。きっと彼は、これから行くべき聖域のことに思いを馳《は》せていたに違いない。

「……ブルーモルフォに流される人は、愚かだけど、同時に不幸な人だと思う。そんな人達が、せめて幸せな気持ちになる為に必要なのがブルーモルフォの物語なんだ」

景が悲しそうに微笑む。

「私達はまだ蛹《さなぎ》で、聖域でこそ羽ばたける。今に絶望している人だって、それが信じられたら幸せになれる。……私はそれを信じさせることに全力を尽くす」

そう語る景は、良心の部分が色濃く出ているように見えた。けれど、その数秒後にはもうその面影は無かった。景は純粋な研究者の顔になって、こう続けた。

「だから、ブルーモルフォでは何よりも蝶を尊ぶ。ほら」

そうして見せてきたのは、赤い蝶の画像だった。けれど、インターネット上で見たものよりもずっと蝶の形は歪だった。画質が悪いのか、よく見えない。そうして目を凝らした瞬間、僕は思わず目を逸らした。

その蝶は身体に描かれていた。線の赤はその人自身の血だ。

「様々な課題を組み合わせてはいるけれど、四十個目の課題は共通してるんだよ。自分の身体に蝶を彫り込むこと。だから、蝶が出る。これを彫ってから十日後に、その人は死ぬ」

「……何で、そんなことを？」

「理由はいくつかあるよ。目に見えるモチーフを手に入れた人は心が決まる。これを出来る人と出来ない人は明確に分かれるから、通過儀礼にもなる。この子は綺麗に彫れたから、きっと綺麗に死ぬ」

景の顔色は変わらない。タブレットを抱えながら、もう一度身体を反転させた。

死にゆく人に幸せになって欲しいと語る口で、景は血濡れの蝶を見せてくる。身体と一緒に、景の心もくるくると輪転を続ける。こうしてブルーモルフォの現実を見せつけられる度に、僕の中に残っていた未練がましい良心が疼《うず》いて吐きそうになった。

試されているみたいだと思った。測られているのは、どれだけブルーモルフォのことを見せつければ僕が音を上げるのかの閾値だ。これもある意味ではステップアップの過程で、この全てを許容する度に僕の景への愛情は取り返しのつかない重みを持ち始める。景を黙認する為に、僕が目を逸らさなくてはいけないものがどんどん増えていく。

そんな僕の逡巡《しゅんじゅん》を見抜いたかのように、景が僕の方に手を伸ばしてきた。肩の辺りに腕を回し、体重を掛けて僕のことをベッドに押し倒す。そのまま景が僕の腹の上に跨《また》がる。

そのまま、景が小さく言った。

「私のこと、嫌いになった？」

見放されるのを恐れるような声だった。彼女の中の葛藤と逡巡、恐れと使命感が一緒くたに流れ込んでくるようだった。

「……なってないよ」

まだなれないよ、と心の中で呟くと、景がそのまま僕の胸に圧《の》し掛かってきた。体重の移動を受けて、ぎしりとベッドが鳴った。

どうしてか分からないけれど、その日は僕からキスをした。重力に逆らうように、彼女のよく回る口を塞ぐ。景は少しだけ驚いていたけれど、嬉しそうにそれに応じた。何度かキスをした後、景はそのまま僕に体重を預けて眠り始めた。無防備な寝顔だった。夜中はブルーモルフォの活動をしているから、この時間は眠いのかもしれない。

小さく寝息を立てる景は可愛かった。

そのことが一層事態を醜悪なものにしていた。

僕はその後、タブレットに指を滑らせてみた。真っ暗だったそこに、四桁のパスコードの入力画面が表示される。少しだけ悩んで、僕は景の誕生日を入力して弾かれた。その次に試したのは、僕の誕生日だ。

果たしてパスコードは突破され、ブルーモルフォの秘密が詰まったタブレットの鍵が開いた。

4

三日後、景の言う通り遠藤剛士という男子高校生が死んだ。

その報告を受けたのは、二人で学校から帰っている最中のことだった。生徒会の活動が立て込んでいて、こうして二人で帰るのも三日ぶりだった。思い出したように景がとある路線の名前を挙げた。

「始発での人身事故、遠藤くんだよ」

スマートフォンで確認すると、本当に始発で人身事故が起こったらしい。一時間近くの遅れがあったけれど、通勤ラッシュまでには回復した旨が記されていた。そこには遠藤剛士の名前も自殺についても書かれていなかったけれど、僕にはそれが遠藤剛士なのだとすんなり信じることが出来た。

人知れず人が死ぬから、まだ警察はこれに気づかない。遠藤剛士の身体に刻まれた蝶は、事故の際に見えなくなってしまっただろうか。

心に漣《さざなみ》が立っているのに、前ほどの衝撃は受けなかった。彼の死があまりに事務的に処理されてしまっていたからかもしれない。それとも、目の前で死んだわけじゃないからかもしれない。それとも、景と付き合い始めてから心がどんどん適応していっているのかもしれない。

「今日も私の部屋に来てくれる？」

景はそうして度々僕を部屋に誘った。

そしてこの日を境に、僕はごく自然に景の部屋に行くようになった。景の両親と鉢合わせないように、午後六時の鐘が鳴るとすぐに家を出た。僕らは色々な意味で疚《やま》しい二人だった。

景の部屋には沢山の心理学に関する本があった。僕でも名前を知っているような有名なものや、見るからに難しそうな知らない誰かの本。『みるみる内に人を操れるマル秘の法則』なんて怪しいムック本まで混じっていたのだから、景の知識への貪欲さには驚かされた。

あとは論文なんかも沢山あった。日本語で書かれたものだけでなく英語で書かれたものもあり、その多くに付箋が貼られていた。この中の何が実際にブルーモルフォの運営に貢献していたのかは分からない。

その中でも一番縒れている論文は、池谷《いけや》菅生《すがお》という社会学者の書いた論文だった。その論文では、主体性の無い人間はより攻撃的なものに影響されやすいというのが複数の事例によって説明されていた。一八二四年に起きたアメリカにおける酒場での暴動。あるいは一人の詐欺師に先導されて起きた農村での全滅事件。日本での事例も引かれていた。二〇〇二年に起きた吹奏楽合宿でのリンチ殺人などがそうだ。

それを読んで思った。景はこの論文を参考にしてブルーモルフォを創り上げたのだろう。そして、自分のやっていることに迷いを覚えた時は、折に触れて池谷菅生の論文を読み返しているのだ。あの景も迷うのだ、という事実に、驚きと妙な嬉しさがあった。彼女は迷って迷って、その上でブルーモルフォを運営しているのだということは嬉しかった。

それに、池谷菅生の論文は僕にとってもとても興味深いものだった。論文に載っている様々な事件を目の当たりにすると、やはり景のやっていることは正しいんじゃないか、と思わせてくれた。ブルーモルフォで死ぬような人間は、きっといつか誰かを傷つける。

「それ、面白い？」

ふと、背後にいた景がそう話しかけてきた。景はどこかきまり悪そうな表情で笑っている。この論文自体が自分の弱さの証明とでも思っているのだろうか。

質問には答えずにキスをすると、景は無言で僕の手を引きベッドに導いた。

景の弱さや惑いこそが僕がいる意味だと言うのなら、それが一番の褒章だった。

ブルーモルフォを運営し続ける景には、明確な疲労の色が見えていた。自分でブルーモルフォのマスターとなることを選んだという意識が強いからか、景が弱音を吐くことはなかった。ブルーモルフォを動かし続けることが作業量の上でも重いものであるのにもかかわらずだ。

景が与える五十個の課題は、その個人の性格や傾向によって微妙に異なっている。軽いものからこなさせることと、睡眠時間を削ることだけは変わらなかったが、その他は性別や資質に拠《よ》って細かく調整を重ねていたのだ。

ある人に与えられた二十二番目の指示が『午前四時に砂嵐の映像を観続《みつづ》ける』ことだったのに対し、ある人に与えられた指示は『午前三時にメモ用紙を端から端まで黒く塗る』だった。僕には分からなかったけれど、人間にはある種の傾向があり、何が一番精神を揺さぶるかはその人によって違うらしかった。

景はそれらの指示をシステマチックに管理し、ボタン一つで指示を出せるような仕組みにしていたけれど、それでも把握しなければいけないことの量は相当なものだった。

その他にも、景は重要な役割を担っていた。

適性があると判断した人間と通話し、ブルーモルフォに更に嵌らせるべく誘導したり、あるいはクラスタ内を円滑にコントロールする為に一部のプレイヤーを教導したりするのだ。

小学校の頃の経験から生み出されたブルーモルフォの仕組みは、確かに効果的だったけれど、ブルーモルフォにおいては寄河景の不思議な魅力こそが一番の武器だった。景と一度でも会話をすると、そのプレイヤーはまるで何かにとりつかれたようにブルーモルフォに対して忠誠を誓うようになる。

僕はマスターとしての景がプレイヤーたちと何を話していたのかまでは知らないが、彼女の天性のコミュニケーションスキルと、あの説得力のある語り口が画面の向こう側の誰かを篭絡する様はありありと想像出来た。寄河景はそれが出来て然るべき人材だった。

けれど、この行為こそが景の一番の疲弊の原因でもあるようだった。無理もない。指示を出すのとはまた違う。自分の言葉で以て、直接誰かを死に向かわせるというのは、景の心に負荷を掛ける行為だったのだろう、と僕は思った。

景が思いつめたような顔でタブレットに向かっている度、ブルーモルフォ用に取得した通話アプリを見ながら呆然としているのを見る度に、僕は景の孤独な戦いを思った。人気者であるはずの景が、酷く孤独に見えた。

だからか、景は僕を家に招くと、子供のように甘えてくるようになった。ベッドの上で身体を摺《す》り寄せて、無言で僕のことを見つめる。僕が何も言わずに頭を撫でると、景は嬉しそうに目を細めた。この時ばかりは、景も普通の女子高生に見えた。

二人きりの部屋で、どちらからともなくキスをする。景のことを抱き寄せると、この細い身体にどれだけの人間の運命が絡んでいるのだろうと妙な感慨を覚えた。

「宮嶺」

僕にしか聞かせないような甘やかな声で景が言う。そこから先は、殆ど為《な》すがままだった。圧し掛かる景の重みを感じながら、僕はただただ彼女を甘やかすことに専心した。この行為が景を癒《いや》すのなら、それだけで僕は十分だった。

ある程度の行為が終わると、景はそのまま僕の膝で眠る。手持無沙汰になった僕は、ベッドの隅に立てかけてあるタブレットを手に取った。景はこれを見ることを止めなかった。むしろ、自分がやっていることを僕に見られることを喜んでいるかのようにも見えた。

パスコードを突破し、中を見る。

タブレットでブルーモルフォ関連で主に使われているのは、主要な各SNSサービスと、メッセージアプリ。そして、エクセルファイルだった。緑色のアイコンを開いて、最新の表を表示する。

几帳面《きちようめん》な景らしく、リストは綺麗に整頓されていた。遠藤剛士の欄を開き、僕が景と話した時から、数えて後ろ三つ、死ぬ三日前からの課題を見る。

『四十八・クラスタのみんなに〝聖域〟の話をする』

『四十九・マスターと話す。蝶を鏡で確認し、蝶とも対話する』

『五十・最後の課題。始発電車に飛び込む』

この最後の課題にも、やはりチェックが付いていた。その後、補記のように『飛び込み自殺』と書かれている。

リストには他にも沢山の名前があった。手樹《てのぎ》洋輔《ようすけ》。丸井蜜子。戸代《としろ》優華《ゆうか》。この一人一人が今も死に向かっている。

僕は、この才能が正しい方向に使われた世界を度々妄想した。そういった時に出てくるのはやっぱり善名美玖利の顔で、彼女を必死に止める凛《りん》とした顔の寄河景だった。

彼女は僕が愛した景でありながら景じゃない。そのことが、酷く悲しかった。

僕らにとって一つ目の転機が訪れたのは、こんな生活がしばらく続いた頃だった。

ブルーモルフォプレイヤーであるはずの丸井蜜子の死体が河川敷《かせんじき》で発見されたのだ。

5

そのニュースは大々的に報道された。都内の高校に通う女子高生が複数人に暴行を加えられて殺された殺人事件だ。

友人と写っている写真が取り上げられ、彼女の名前と死の状況が伝えられる。死後三日ほど、動機は不明。警察はこの事件に関して捜査を続けているが、容疑者は捕まっていない。

ニュースを見ながら、思わず固まった。長い髪をポニーテールに纏めた快活そうな彼女のことを知っている。会ったこともない彼女の名前を、僕は景のベッドの上で見た。あのタブレットのエクセルシートの中にあった名前だ。

早鐘を打つ心臓を押さえつけて、記憶を辿る。彼女はまだ三十二個目の課題をこなした辺りだったはずだ。あれから五日くらいしか経っていない。いくら何でも死ぬには早すぎる。ただでさえ、ブルーモルフォは厳格なルールに支配されているのだ。

その日は日曜日だったので、僕は景を家の近くにあったカラオケに呼び出した。個室で区切られていて、周りの目を気にせずに話せる場所だ。

薄暗い室内で、パーティー染みたカラフルな照明が室内を照らす。景は白いトップスに若葉色のスカートを合わせていたので、そのカラフルな照明をそのまま身に着けているかのようだった。彼女の白い肢体が部屋内照明が照らす度に赤や青や黄色に染まる。

「宮嶺がこんなところに誘うなんて不思議な感じだね」

「……丸井蜜子さんって、ブルーモルフォのプレイヤーだよね。……こ、殺されたって、」

のんびりと言う景に対し、僕は単刀直入に言った。情けないほどに声が震えている。そのくらい衝撃的だった。ブルーモルフォは自殺させるだけじゃなかったのか。殺人事件が起こるなんて思わなかった。一体どういうことなんだ。その気持ちがぐるぐる巡っているのに、何一つまともな言葉にならない。ややあって、景が言った。

「前にクラスタの効用について話したよね？」

「……モチベーション管理の話をしてた時？」

「うん。あのね、宮嶺。これがクラスタを作った上でのもう一つの利点。自浄作用」

景は淡々とそう言った。あの時、確かに景はクラスタに対して〝副産物〟の話をしていた。その時ちゃんと内容を聞いていなかったことを後悔する。けれど、聞いていたところで、僕は丸井蜜子が殺されるのを止められただろうか？　どうせ死ぬだろう人間なのに？

「自浄作用って……」

「プレイヤーが一番恐れるのは、ブルーモルフォの秩序が乱れること。自分達が必死に守ってきた規範と指示を無視する人間を、クラスタは赦さない。実を言うと、課題二十九を超えたあたりから、丸井蜜子さんは指示に従わなくなった。多分、途中で怖くなったんだろうね。あるいは外的要因でうっかり眠ってしまったか。それで、ブルーモルフォを抜け出したいと考えた。もうとっくに個人情報はクラスタに回っているのにね。それで丸井さんは粛清を受けた」

景は原因を淡々と語り続ける。

「犯人は同じクラスタに居た誰かだろうね。でも、丸井蜜子さんを手に掛けただろうクラスタLは、殆ど羽化を済ませてる。残っている人たちも五日以内にいなくなるよ」

「これは一線を超えてる。景だってそのことは分かってるはずだ。……こんなの、やめさせないと——」

「分かってる!」

その時、景がらしくなく声を荒げた。初めて聞く声だった。部屋の照明が一瞬だけ暗くなり、ややあって底冷えしそうな青に染まる。

「……分かってるよ。これは違う。こんなの間違ってる」

景の声は心底悲痛な声だった。部屋が暗くて、彼女の表情の機微が見えない。けれど、その目には珍しく困惑の色が浮かんでいた。

「でも、これを止めさせるわけにはいかない。こうして内部粛清が始まらないと、クラスタは維持出来ない。……こんな酷いことが起こるなんて想定してなかったけど、もしこれが無ければ、ブルーモルフォは崩壊する」

景の言っていることも理解出来た。ブルーモルフォを維持する為には、プレイヤーが離脱しない為の抑止力が必要なのだろう。それでも、これは今までの景のやり方とは明らかに違っている。

「……景はクラスタの自浄作用について知ってたんだよね？　この事件の前にも、同じようなことがあったの？」

「……三ヵ月くらい前、高校二年生の吉尾英徳《よしおひでのり》くんが道端で刺される事件が起こった。警察は通り魔の犯行と断定、犯人はまだ捕まってない。彼の所属していたクラスタCはもう全員が羽化してる」

　そのニュースには正直言って聞き覚えが無かった。他に目立つニュースがあったからか、それとも丸井蜜子の報道のされ方が特別だったのか。

　三ヵ月前、と言えば、丁度景が僕に傍にいることを求め始めた頃だった。生徒会室での、あの所在無げな景のことを思い出す。あれは、吉尾英徳の事件を知ったからだったのだろうか。景がブルーモルフォに対して、疑問を持ち出したきっかけがこれだった？

「私はクラスタの粛清を止められない」

　勝手な推理を進める僕に対し、景は毅然《きぜん》とした態度で言った。

「これはブルーモルフォの維持に必要なことだよ。たとえ宮嶺に何と思われようとも、私はこれを肯定する」

「……嫌いにはならないよ」

　景に尋ねられるより先に、そう答えた。

ただ、酷い焦燥に襲われているのも事実だった。近くにあるテレビからは、新人アイドルの無邪気な自己PRが聞こえてくる。朝はあんなにおぞましいと思っていた事件なのに、景からはっきりとそう言われただけで、僕はそれを肯定せざるを得ないのだ。

「……丸井さんは、私もよく知らない外国のバンドの曲が好きだったんだよ」

独り言のようにそう呟いて、景はとある曲を入れた。どうやらイギリスのバンドらしいが、僕も知らないバンドだった。物悲しいメロディと一緒に英語の歌詞が流れていく。

景はそれを歌うことなくじっと見つめていた。

「忘れなくちゃいけないんだけど、丸井さんと話した時のことが頭から離れないんだ」

丸井蜜子が殺されたことを知った時、景は一体どんな気持ちだっただろうか。丸井さんは既にブルーモルフォから心が離れ始めていたというから、クラスタ内で制裁を受ける前に景が説得でもしようとしていたかもしれない。でも、丸井さんは死んでしまった。

景が軽く唇を噛んでいる。曲が終わりに近づくにつれ、景は苦しそうに目を細めた。

「……景は忘れていいよ。景が忘れられないと、ブルーモルフォはきっと立ち行かなくなる……」

僕がそう言うと、景は苦しそうな表情のまま曖昧に頷いた。

それから僕らは一言も喋らずにカラオケを出た。まるで他人のようだった。こんな風になるのは、本当に久しぶりだった。

家に帰った僕は、丸井蜜子殺人事件を検索し、記事から掲示板の書き込みまで、出てきたものを片っ端から印刷した。色々な人間がこの殺人事件に対して思い思いの見解を寄せている。

思いの外ブルーモルフォに関しての噂は浸透しているのか、正しく真相を言い当てている人間もいた。けれど、多くの人間はそれを妄想だと断じていた。よくある都市伝説と実際に起こった殺人事件をちゃんと結び付けている人は多くない。

次に、吉尾英徳の方も検索した。今日報道されたばかりの丸井蜜子に関するものよりも、彼の通り魔殺人の方が詳細に出てくる。同じように印刷しながら、図書館で新聞のバックナンバーも調べよう、と思う。

瞬く間に、部屋の床は二つの殺人事件に関する情報でいっぱいになった。それを一枚一枚丁寧にファイリングしながら、心の中で思った。景は忘れてくれていい。その代わりに、僕がこのことを覚えておこう。少なくとも、この事件の真相を正しく把握しているのは僕だけなのだ。

ファイリングしながら、ふと、シリアルキラーは自分の事件に関する報道を執拗にチェックする傾向にある、という話を思い出した。海外ドラマで見たのか、本で読んだのかは忘れてしまったけれど、確かにそんな話があったはずだ。

ブルーモルフォに関わって死んだ人間は、六十二人に増えていた。明日には六十三人になる。理念がどうあれ、景はれっきとした殺人鬼だった。

けれど、やっている行いを見れば僕の方こそ殺人鬼めいている。

それで正しいのかもしれない。景は間違っていない。僕は景の心を守らなくちゃいけない、と部屋で一人呟き続ける。

それからも僕は、ブルーモルフォに関する殺人事件の情報を集め続けた。最終的に、クラスタの自浄作用で殺された人間は六人に上るけれど、僕はその全ての事件をファイリングして、部屋の棚に置いていた。それをすることで、何かしら景の為になるとでも言うかのように。

この時の僕の動機が何であれ、このファイル自体は有用だった。

カラオケで話をした翌日には、景も僕もいつも通りの二人に戻っていた。ブルーモルフォの話をすることもなく、間近に迫った期末試験の話をする。

「夏休みになったら何処か行こうよ。泊まりとかは無理だけど」

「ブルーモルフォのことがあるからだろうな、と心の中で思う僕に対し、景が「お父さんが赦さないだろうし」と笑う。

「最近お父さん、宮嶺のこと疑ってるんだ。私の家に来てるとこ、近所の人が見てたみたいなんだよね。何か変なことしてるんじゃないかって心配みたい」

「……お父さんたちが帰ってくる前には帰ってるけど」

「あ、変なことしてることは認めるんだ」

「…………景」

「まあ、言えないことをしてるのは本当だもんね」

冗談にしても笑えないことを言いながら、景が笑う。

「まあ、それにしても家を空けるのは心配だよね。通信環境があれば、どんな場所でも指示は出来るけど」

景が不意に真面目な顔をして、そう言いながら大きく伸びをする。考えてみれば当たり前の話だけれど、景には休みが無い。もし僕らがこのまま大人になったところで、ブルーモルフォを運営し続ける限り、景は旅行にも行けないんだろうか。そもそも、三年の夏には修学旅行がある。景はどうするんだろう。

「景はずっとブルーモルフォを続けるの？」

「続けるっていうのも変な言い方だけど。……でも、最後までやり遂げるよ」

「最後って？」

景は何とも言えない表情で首を傾げると、そこから先を言わなかった。ゲームのプレイヤーがいなくなった時なのか、それとも景自身が打ち止めだと思った時なのか。その終了条件に、景の死や逮捕が入って来ないことを切に願った。

彼女が参考にしていた池谷菅生の論文では、はっきりとした終わりは書かれていなかった。そこにあったのは、人間がいかにして流されていくのかのダイジェストだけだった。あの論文の先に景のブルーモルフォは届くのだろうか。

「そうしたら、この本とか書類とかも処分出来るね。結構場所取るし、もう捨てちゃってもいいかもしれないけど」

本でいっぱいの棚を小突きながら、景が笑う。

「それだけじゃないか。スマートフォンもパソコンも、全部全部捨てちゃおうかな。いらないもの全部まとめて火を点けてさ」

「パソコンとかって燃えるの？」

「世の中の大半のものは燃えるよ」

馬鹿げた願いだけれど、僕はいつかブルーモルフォが自然と廃れることを願っていた。景の持っている魔法がすっかり消えて、ブルーモルフォという夢が解けて、景がすっかりそれを手放して旅行に行けるようになることが、僕の甘い夢の全容だった。

けれど、景のブルーモルフォは廃れることなく、むしろどんどん研ぎ澄まされていく。

6

タブレットの中には景の送ったメッセージが表示されている。

『わかるよ。私とあなたは同じ。こんな世界はあなたに相応しくない。このまま生きていても、あなたが誰かに見つけてもらえることはない。あなたの両親は一生あなたを出来損ないだと思い続ける』

他愛無い会話だった。ブルーモルフォの導入としてありふれたパターン。相手の心の弱いところを突き、自分がどれだけ生きている価値が無いか、どれだけ愚かで、どれだけ死んだ方がマシな人間かを教え込むのだ。

そして時間を置き、今度は手を差し伸べる。

『けれど、あなたには特別になれる可能性がある』

『ブルーモルフォを最後までプレイした人間には、この苦しみから解放される権利を与えられる』

『あなたならそれが出来る』

課題と共に送られてくるメッセージは他愛の無いものだ。それなのに、こうして景からの言葉を戴《いただ》いたプレイヤー達は、熱に浮かされたようにゴールを目指す。シンプルで、そう特別なものでもないはずなのに。

それでも、ブルーモルフォの蝶達は火に向かう。

僕の中ではこの文面が寄河景の声で再生される。景の声は特徴的だ。高くも低くもなく、まるで楽器のようによく響く。一文を発する間に揺らめくその声を追っていると、何だか頭の芯が熱を持っていくのだ。それにしても、景のそういった不思議な魔力は声に依《よ》るものだと思っていたのに。こうして文字だけでも、景の言葉には力がある。

「個人チャット欄、見てたの？」

振り返ると、そこには寄河景が立っていた。この暑いのに、景は汗一つかいていないようだった。ボタンを二つあけたブラウスから、張り出た鎖骨が見える。

「……ちょっと、気になって」

「何だか恥ずかしいな。宮嶺に生徒会の仕事を見られるのも、若干照れてるのに」

ブルーモルフォと塔ヶ峰高校生徒会を並列に並べながら、景はスマートフォンを取り出した。

「電話を掛けるの？　午後なのに？」

「うん。彼はクラスタを牽引《けんいん》してくれていたし、粛清もこなしてくれていたから。そこまで行った人間が正気に戻ろうとしたら壊れちゃうよ」

事も無げに景が言う。恐らく、これから電話を掛ける相手はブルーモルフォの為に、景の為に人を殺したのだろう。確かに、そこまできたらもう戻れないに違いない。万が一にでもブルーモルフォに疑いを持てば最後、彼は自分の犯した罪の重さに耐えきれなくなってしまう。

景は宣言通り、その誰かに電話を掛け始めた。そして、夕陽《ゆうひ》に照らされながら笑みを浮かべ、この世界の何処かに居るプレイヤーに「私だよ」と優しく言った。景はそのま、密《ひそ》やかに誰かと会話をする。小さな笑い声。微かな溜息。景の声はバラードのように部屋に響き、誰かを死に向かわせる。

「……大丈夫。またきっと聖域で会おう。そうしたら私、きっと君を見つけるから。それじゃあ、筒島義治《つつじまよしはる》くん。またね」

景の甘やかな声が響く。それから景は黙り、しばし目を瞑《つぶ》った。

電話の向こうの状況は分からないが、おそらく筒島義治は死んだのだろう。飛び降りたのか、首を吊ったのか。あるいは首を掻き切ったのか。景が通話を切り、スマートフォンをポンとベッドに放った。バウンドするスマートフォンを見ながら、僕は静かに尋ねる。

「死んだ？」

「………………うん」

うって変わって、景は沈鬱な面持ちになる。泣き出す寸前の表情を両手で覆って、背を丸める。誰かが死んだ時の景はいつもこうだった。自分で死の方向に流したのに。

景は猫のように伸びをして、そのままベッドに寝転ぶ。制服が皺になるよ、と僕が言うと、景は「またそれだ」とくすくす笑った。それに合わせて、景の平べったいお腹が上下する。ふと、臍《へそ》のある辺りに手を置くと、「くすぐったいよぉ」と言って、また笑われた。

景の腹は温かく、中に詰まった内臓の存在を感じさせる。

「宮嶺に押されてお腹ぐるぐる言うね」

僕と二人きりの時の景は、普段よりずっと屈託が無い。周りのみんなはこんな景を知らない。景がこうして世界で一番穏やかな殺人を繰り返していることすら、僕しか知らない。

「筒島義治は満足そうだった？」

「……うん。幸せそうだったよ。出会ったばかりの時は人生に何の意味も見出せてなかったのに。私に出会ってから世界が変わったんだって。私に会えて幸せだったって、そう言ってくれた」

それだけ聞くと、景のやっていることは何の引っ掛かりも無い善行に見える。虐められている幼馴染《おさなな》《じみ》を救おうとしたり、いなくなってしまった猫を夕暮れまで探すのと同じ線の上にある行為のように見える。ただ、景の行っている行為の終着点が死であることが、判断を鈍らせる。景は人を救っているのかもしれない。ブルーモルフォに嵌る人間は誰もが欠落を抱えており、その欠落を埋めるものを見つけ、景に感謝しながら死んでいく。

そもそも、自殺は悪いことなんだろうか？

自殺さえ悪いことでなければ寄河景は本物の救世主になれたかもしれないのに。

みんなは自分でそれを選んでいるのに？

それとも、景はかつて僕が憎んだ根津原あきらの鏡像でしかないんだろうか。結局僕は、それすら分からずに居る。チャット履歴に残る「見つけたよ」の文字。死に行く人間のよすがになってくれる「またね」の文字。

「ねえ」

またしても思考の袋小路《ふくろこうじ》に閉じ込められそうになった僕を、景の言葉が引き戻した。

「何考えてるの？」

景が拗《す》ねたように唇を尖らせる。この分かりやすい仕草さえ、きっと景のポーズだろう。この場で僕の歓心を十全に得る為の代物だ。それでも僕は、景に絡め取られている。

「みんな景のことが好きなんだね」

その言葉が口を衝いて出た。

指示を出し続けることで課題達成へのハードルを下げる。クラスタを作り相互監視のシステムを作る。否定と肯定を操って相手の自我を崩す。睡眠時間を削り、思考力を奪う。時折、ご褒美のように、欲しい言葉をあげる。

それらのテクニックを全て超えて、偏に寄河景の存在がブルーモルフォを成立させているんじゃないかとすら思ったのだ。プレイヤーはみんな景に恋をしていて、きっとまた出会いたい。本当は、ただそれだけなんじゃないだろうか。

そして多分、僕もその一人に過ぎないのだと思う。

「不思議なことを言うんだね」

景はきょとんとした顔でそう言ってから、子供のように笑った。さっき、誰かの自殺を後押ししていた人間とは思えない。顔色一つ変えないで、誰かを見送ったばかりなのに、景は少しも変わらない。

「……笑わないでよ。僕だって、……他のみんなとそう変わらないかもしれないし」

「うーん、言われてみたらそうかもね。宮嶺も私のこと大好きだし」

果たして、あっさりとそう言ってみせる景が愛おしかった。楽しそうに足をバタつかせる景を見て、何だか急に恥ずかしくなる。僕が前言撤回しようとした瞬間、見計らったように景が続けた。

「でも、他のプレイヤーと違うところが一つだけあるよ？」

「……死なないところ？　や、指示に従わないところ、とか」

「私に愛されてること」

景はぐるりと身体を反転させて、僕の方を向いた。横向きに寝転んだ景が、躊躇いなく僕の方に腕が伸ばされる。それに合わせて、肩に載っていた美しい黒髪が微かな音を立ててシーツに流れていった。

「ねえ、宮嶺。ぎゅっとして？」

達成することが容易な短い指示が、他ならぬ景の声で囁かれる。やっぱり、僕とブルーモルフォのプレイヤー達と変わらない。景の言葉に応える。報われたいと思う。

「……キスしてくれる？」

腕の中に収まった景が次の指示をくれる。このままではいけないのだとかつての僕が言うけれど、そんな声は景の熱を帯びた声で上書きされている。

「ねえ、景は聖域を信じてるの？　というか、天国や地獄を」

ふと気になって、制服を着直している景の背にそう尋ねてみた。

死後の聖域は、ブルーモルフォの中核を成している考えの一つだ。そこで景に再会出来ると信じているからこそ、プレイヤーはいとも簡単に死を選ぶ。傷に塗《まみ》れた現世よりも、景に出会えるその場所を目指す。さながら蜜を求める蝶みたいに。あるいは火に向かう蛾《が》のように。

「宮嶺は信じてる？」

「質問を質問で返したらいけないんじゃなかったの」

「いいから」

「死後の世界は信じてるよ」

正しくは、信じたかった。目の前で行われていることをただ傍観している僕が言うべき言葉じゃないかもしれないけれど、僕は死んだ後の暗闇が怖かった。人間が死んでしまった後に無になってしまうというのは、想像するだけで胃の奥が縮こまるかのような恐怖を覚える。その点、ブルーモルフォの唱える聖域の概念は優しかった。死んだ後に行く場所に光があるというのはいい。

果たして、考案者である景はこのお伽話《とぎばなし》を信じてくれているのだろうか、とちらりと目を向ける。曇りなき眼《まなこ》で肯定されるのか、あるいは笑われてしまうのか。

「なら、きっとまたそこで会おう」

僕の予想はどちらも外れた。景は真面目な顔でそう言うと、再びボタンと格闘し始めた。僕が投げかけた疑問はそこで終わりらしい。

事も無げに言われた言葉を反芻《はんすう》する。なら、きっとまたそこで会おう。

その後、景はそのまま眠り込んでしまった。既にブラウスは修復不可能なところまでくしゃくしゃになっている。暢気に眠り込む彼女を眺めながら、何となしにもう一度タブレットを取り出した。そうしてブルーモルフォ越しの寄河景を見ていると、ふと妙なメッセージ履歴を見つけた。

その他多くのメッセージとは違い、その相手とのやり取りには、星でマーキングが付けられていたのだ。特別な相手を示す記号だ。クラスタの有力者か何かなのだろうか、と思いながらやり取りを開く。

相手側が送ってきたメッセージは逐次削除されているのか、残っているのは景の送ったメッセージだけだった。順に読んでみる。

『あなたはとても正しい方なんですね』

『分かりますよ。あなたはとても優秀な人。それを知ったから、私はあなたとこうしてお話したいと思ったんです』

『あなたの罪は押し付けられたもの。ここでのあなたは、生きている価値が無い。誰もがあなたに石を投げ、誰もあなたのことを正しく評価してくれることはない。もう、二度と』

冷たく相手を否定するような、それでいて暗闇の中から掬い上げるような言葉。

『でも、私があなたを見つけた』

『私はあなたのような人を待っていました』

僕には、そのやり取りがどうして特別なのか分からなかった。景が敬語を使うのは珍しいけれど、元より彼女はやり取りをする相手に応じて文面を変える。それにしても、相手の罪とは何だろう？

突然、今の状況の全てが耐えられなくなりそうになり、こめかみの辺りを抑えて無理矢理振り払った。その時、隣で眠る景が小さく身じろぎをする。健やかに眠る景のお腹にもう一度手を当てると、自然と「どうすればいい？」と声が出た。眠っている景は、何の指示も寄越さない。

僕に出来ることは、ブルーモルフォのことを間近で観測し続けることだけだった。

けれど、僕が記憶するまでもなく、この時期のブルーモルフォは色々な人間を巻き込んで、大きな進化を遂げ始めていた。

■第四章

1

夏休み前という時期が影響していたのかは定かじゃないが、自殺ゲーム・青い蝶《ブルーモルフォ》はインターネット上で盛り上がり始めていた。

きっかけは、丸井蜜子の事件だった。報道されなくなったからこそ、この事件は今なおインターネットでの語り草になっていたらしい。そうして、匿名での『推理』は着々と醸成され続けていた。

そうしてある日、それに関する詳細な記事を誰かが書いた。ブルーモルフォという自殺ゲームは実際に存在し、それに関わった人間が現実に死んだり、制裁を食らって殺されることや、丸井蜜子はブルーモルフォに関わったが故に殺されたことなどがそれっぽく記されていたのだ。

勿論その記事は不完全で、多くの部分が欠けていた。ブルーモルフォの送ってくる指示の内容が違っていたり、あるいはブルーモルフォとは何の関係もない殺人事件がブルーモルフォに巻き込まれたが故のものだとされていた。ヤクザがバックに付いているのだというまことしやかなデマもあった。

けれど『死んだ丸井蜜子の身体に、蝶型の傷があった』という本物の情報も書き連ねられていた。ブルーモルフォの重要な中核を担う、課題の一つだ。丸井蜜子は二十九番目の課題の時にドロップアウトしたはずだから、それを彫ったのは丸井蜜子を殺したクラスタの人間たちなのだろう。

あからさまなデマの中に、ほんの少しだけ真実が含まれている。それだけで、記事は驚くほど信憑性《しんぴょうせい》を高めていたし、実際に話題になった。自分のアカウントに流れてきたそのページを見た時、思わず心臓が止まりそうになった。

単なる噂ではなく、より一層熱を持ってブルーモルフォの話は信じられていた。みんながそれに魅了され、プレイすれば死ぬゲームの影を追おうと躍起になっていた。

学校でですらその名前を聞くようになり、周りのみんながそれに対して意見を言う。教室という狭い場所に限るなら、寄河景とブルーモルフォは確かに世界を変えていた。そのうねりは只中《ただなか》に居る僕ですら恐ろしく感じるものだった。このままブルーモルフォはどうなるのだろう。どうなってしまうのだろう。

「ねえ、景。これ知ってる？　今SNSで流行ってるやつなんだけどさ。青い蝶《ブルーモルフォ》」

教室の中心で、クラスメイトが景にそう話しかけていた。景は興味深そうにスマートフォンを覗き込みながら、困ったような笑顔を浮かべている。何を言っているかは分からなかったけれど、その演技が完璧であることだけは容易に察せられた。

ブルーモルフォは自分達の手に余るほど成長し始めていた。その中にあって、景の目は僕だけにしか分からない温度で凪いでいた。まるで、このことを遥《はる》か昔から知っていたかのようだった。

「うん。凄いことになってるね。偽ブルーモルフォ」

実際に景はこのことまで予想済みだったらしい。放課後、慌てて景を問《と》い質《ただ》す僕に対し、景は気怠《けだる》そうにそう言った。

「……驚かないの？」

「ブルーモルフォの規模が大きくなれば、こうして一般に知れ渡ることも分かってたよ。そうでなくても、ブルーモルフォの噂自体はずっと前から流れてたんだし」

景が雑談の場所として選んだのは、駅の近くにあるゲームセンターだった。「一度行ってみたかったんだよね」と言う景の真意が読めず、珍しく焦ったことを覚えている。周りには僕ら以外にも高校生のカップルが沢山居て落ち着かなかった。そのみんながブルーモルフォの話をしているような気すらした。

「大丈夫だよ。誰も見てない」

景がそう言いながら、僕の腕に自分の腕を絡める。そして、しな垂れ掛かるように僕の肩に頭を載せて囁いた。

「ブルーモルフォのことを伝える記事だけじゃない。ブルーモルフォの指示を転載したって動画とかページも沢山検索に引っ掛かるようになった」

喧噪の中なのに、景の声はよく僕の耳に届いた。

「それなら見た。全然本物の指示なんか無かったけど」

「エクソシストじゃないんだから、部屋に魔法陣なんか描かせたり、山羊《やぎ》の生き血を飲ませたりなんかしないよ」

それが最高のジョークであるかのように、景がくすくすと笑った。それに対して僕は気が気じゃなかった。UFOキャッチャーの間を潜《くぐ》り抜《ぬ》けながら、目を忙《せわ》しなく動かす。

「どうしよう、このままだとまずいよ」

「どうして？」

「このままだとブルーモルフォが変に有名になる。今はまだ動いてない警察に目をつけられるかもしれない」

「警察はもう目をつけてるよ。どちらかというと、警察は私個人じゃなく、ブルーモルフォというムーブメントに乗った集団自殺だと見ているようだけど」

一体何処から知ったのか、景は冷静にそう言った。

「……もしかしたら、一旦休止した方が良いかもしれない。だって、丸井蜜子の蝶の傷の話だって書いてあったし、ブルーモルフォはこれからもどんどん偽サイトが出てきて、どんどん有名になって――」

「うん」

「……クラスで景もブルーモルフォの話をされてたでしょ？　そうしたら、みんながブルーモルフォのことを知るようになって……本物のブルーモルフォは景が全てを管理しているから上手く行っているのに、悪戯に偽物が広がっていって――」

「うん」

僕が必死に言葉を探しているというのに、景はガラスの中に積まれたカラフルなクマの山に目を向けている。景はこの状況を分かっていないんじゃないだろうか、という恐れで更に焦りを覚えた。

「ねえ、景。真面目な話なんだよ。……それで、偽物が広がっていったら、ブルーモルフォは……」

そこではた、と気がついた。

このままブルーモルフォが有名になり、粗悪な偽サイトが増え、みんながブルーモルフォの話をするようになったら、一体何が起こるのだろうか？　僕はそれを漠然と悪いことだと考えていたけれど、実際に何が起こるのかはまるで想像がつかない。

「……それで？」

景の視線がガラスの中のクマではなく、急に言葉に詰まった僕の方へ向けられる。その目は僕のことを責めているというよりは、慈しんでいるかのように潤んでいた。

「ううん、宮嶺。これでいいんだよ。このまま粗雑なブルーモルフォが広まってくれたら、それはそれで好都合だよ。本物か偽物か分からない指示に従って死ぬ人間だって必ずいる」

景は予言者の目をしてそう言うと、薄く笑った。

「嘘だ。そんなはずない。……景だって言ってたじゃないか。景のやり方だから、人間は指示に従うんだって」

「でも、もうみんな私の物語を宣伝してくれたから」

「……どういうこと？」

「流れはもう出来たってことだよ。私が向きを調節しなくても、回りがきっと誘導されてくれる」

その時、何も動かしていないのに、山の一番上に載っていたぬいぐるみが一つころころと転がって取り出し口まで落ちてきた。バランス悪く引っ掛かっていたものが、何かの弾みで落ちて来たらしい。

「私が直接動かせる人間の数には限界があるんだよ。時間は有限で、このままだとどれだけ頑張っても届かない人間が居る。それでも、こうしてブルーモルフォが有名になれば、結果的に網に掛かってくれる人間だって増えるはず」

「リスクは当然あるよね」

「それに見合うものもあるよ」

ブルーモルフォが有名になればなるほど景が捕まる危険性も高まる。それなのに、景はブルーモルフォが新たなプレイヤーを獲得することにだけ目を向けて、それ以外は見えてすらいないようだった。

まるで、ブルーモルフォ自体が自分であるとでも言わんばかりだった。一歩足を踏み外せば、取り返しのつかないことになってしまうかもしれないのに。

「それで景は何処に行くつもりなの？」

「宮嶺はおかしなことを言うね」

僕が真の意味で景のことを恐ろしいと思ったのは、この時が最初だったかもしれない。

景は緩く目を細めて言う。

「私はここに居るよ」

逃げ出したくなるかもしれない、と言っていた景と、目の前の彼女が同一人物に見えなかった。

景は自分がブルーモルフォそのものであるかのように僕を見上げ、どこか満足げに微笑んでいた。

周りに居る恋人たちは、僕達のように腕を絡めて歩いて行く。誰も彼も幸せそうに見えた。僕らだって、傍から見たら同じくらい幸せな恋人同士に見えていただろう。

けれど、僕は自分の腕に絡む景の体温を感じながら、どこか薄ら寒いものを覚えていた。

はっきり言おう。

この頃から、僕は寄河景のことが恐ろしかった。

検索結果のトップに、ブルーモルフォの偽サイトが載るようになったのはそれから一週間後のことだった。そこのサイトは、五十日の間指示を与えてくれるところ以外は本家と似ても似つかないものだった。

けれど、そのサイトはすぐに有名になった。いくつものミラーサイトが作られ、多くの人間がそれを話題にした。このサイトの指示に従ってみる、という動画投稿者なんかも現れ始め、不謹慎だと削除を要請されるハプニングもあった。そこまで含めて、僕にはこの流れが悪趣味なジョークのようにしか思えなかった。

けれど、景がエクソシストみたいだと笑ったはずの指示に従って、魔法陣の中で首を切った中学生が出てきた頃に、僕は景の話していたことが本当のことであったことを知った。

このやり方であれば、ブルーモルフォの影響はもっと遠くまで波及する。さながら、小さな蝶の羽ばたきが地球の反対側で嵐を起こすように、ブルーモルフォが広がっていく。

＊

「これでブルーモルフォ事件も終わりですかね」

傍らに居た入見に、高倉はそう語り掛けた。

〝管理人〟を名乗り『ブルーモルフォ』を運営していた盆上大輔《ぼんがみだいすけ》が逮捕されたのは、『ブルーモルフォ』による死者が八人を超えた後だった。酷く後手に回った捜査だ。もう少し早く盆上に辿り着けていれば、と高倉は密かに歯噛みした。盆上は都内で塾講師として勤めている三十五歳の真面目そうな男で、およそ問題のある人間には見えなかった。その点も、彼の逮捕が遅れた理由だった。

盆上が作った『ブルーモルフォ』は、アクセスした人間に五十個の課題を出すというシンプルなサイトだった。表示された課題をクリアしたら画面端のボックスにチェックを入れる。チェックを入れると次の課題が表示され、最後まで行うと精神を病んで自殺してしまう、という触れ込みだった。

多くの人間はこのサイトを真に受けたりはしなかった。だが、このサイトを取り上げて紹介する動画や、面白がって拡散する人間が多かった所為で、ごく一部のブルーモルフォが刺さる人間に届いてしまった。

ブルーモルフォの指示に従って死んだ八人は、軒並み何らかの問題を抱えた中高生で、彼ら彼女らは生き血を飲むだとか、窓際に指定された魔法陣を飾るとか、そういうゴス的な指示に従った挙句、最終的に首を切って死んでしまった。

「ブルーモルフォで死んだ人間は、来世で好きな人間に生まれ変われるんだって触れこんでいたらしいですよ」

「……そうだろうね。人間を死に向かわせるのは、究極的には希望なんだよ」

入見は煙草《たばこ》をふかしながら、小さな声でそう答えた。

盆上大輔はさほど抵抗しなかった。動機も愉快犯的なもので、自分の指示で人間が死ぬ様に快感を覚えていた、と供述している。

「盆上はどんな罪になるんでしょうか」

「落としどころとしては自殺教唆になるだろうけど。……八人を相手の自殺教唆で、どんな判決が下るかは分からない。究極的には盆上は誰も殺していないわけだ。ただサイトを作っていただけだ。ご丁寧に見えないところに『自己責任で閲覧ください』とまで書いていたようだからね」

入見は苦々しくそう言った。あれだけのことをやって、八人もの人間の人生を狂わせたというのに、盆上はひたすら逃げの一手を打っている。その部分でも悪質だった。

「殺人にならなくちゃおかしいですよ、あんな人間」

「……私もそう思うけど」

「日室さんはこんなものに引っ掛かる方が馬鹿だとか何とか、その、……こんな馬鹿なゲームで死ぬような奴はどうせ死んでたんじゃないかとか言ってましたけど。そもそも日室さんはブルーモルフォで人が死ぬことに対しても懐疑的みたいですし」

「まあ日室はそう言うだろうね。で？　高倉はどう思う？」

「え？」

「ブルーモルフォで死ぬような人間は死ぬべきだと思う？」

「まさか、そんなはずないじゃないですか！」

「このゲームのおぞましいところはそこだよ。死ぬ奴は勝手に死ぬ、なんて馬鹿げた言説に説得力を持たせるところ。なんだろうな。私の勘だけど、このゲームを作った人間は、何処かでこれを淘汰だと思ってそうで怖いよね」

「でもね、淘汰かどうかはそもそも問題じゃないんだよ。人間は多様性で進化してきた生き物なんだ。そんな生物が理由をつけて淘汰される仕組みなんかそもそも作るべきじゃないんだから。誰が生きるべきで誰が死ぬべきかを選別すべきじゃない。誰かを選ぶくらいならいっそのこと人間なんか絶滅すればいいんだ」

予想よりも強い口調で告げられたことで、高倉が一瞬だけ怯む。

「ああ、早とちりしないでよ。あるいは全部生かすか、だ。だったら私は丸っと生きていてくれたらいいと思うよ。だからブルーモルフォの管理人は赦さない。こんな殺人ゲームなんか止めさせないと」

手元の煙草を灰皿に押し付けながら、入見は珍しく柔和な微笑みを見せた。

「ちょっと待ってください。……管理人なら捕まったじゃないですか」

「いや、確かに盆上は『ブルーモルフォ』の管理人だけど、奴は単なる模倣犯だよ。そもそも、盆上がサイトを運営し始めたのはついこの間じゃないか。ジャングルジムでの首吊《くびつ》りとも丸井蜜子の事件とも時期が合わない」

「だから、それはインターネット上の都市伝説に当てられたとか、それこそ盆上が個別に声を掛けていた可能性も検討されてるじゃないですか。俺の見立てでは余罪はまだありますよ」

「……淘汰、ですか」

「盆上にはカリスマが無い」

入見ははっきりとした声でそう言った。

「あれは劣化コピーだよ。それも、元の光が強すぎて影に埋もれるくらいのね。私はまだ、最初のブルーモルフォを創った人間が居ると思っている」

「……どうするんですか。何となく捜査本部も解体って流れになってますけど」

「それなら私が一人でやるさ。それに、他にブルーモルフォの関係者が居るにせよ、いないにせよ、ブルーモルフォは終わらない」

「終わらない？」

「そうだ。……日室刑事は？」

高倉の質問には答えずに、入見はそう尋ねた。

盆上を確保する際、実動部隊の一人として先陣を切ったのが日室だった。

ブルーモルフォ事件を自分が解決するのだと息巻いていた日室は、あの後も精力的に捜査を続けた。ブルーモルフォ事件に出会ってからの彼は以前の調子を取り戻し、みるみる内に見違えた。追うべき事件が過去を振り切らせたのだろうと、周りもその変化を歓迎していた。

「日室さんなら、今日も半休を取ってますよ。念願の盆上逮捕なのに、どうしたんでしょうね」

その一方で、日室は度々休みを取るようになった。何かにとりつかれたように一心不乱に仕事をこなす一方で、無断欠勤すら目立つようになった。

「案外燃え尽き症候群かもしれませんよ」

「だといいんだけどね」

空っぽの席を見ながら、入見は小さく溜息を吐いた。

日室のデスクは以前なら考えられないくらい整頓されていた。デスクの隅には、彼に似つかわしくない綺麗な花が飾られている。水を与えられていないその花は、美しい姿のままからからに乾いていた。

2

ブルーモルフォのサイトを運営していた人間が逮捕された。

記者に囲まれながら連行されて行ったのは、色の白い痩せた男性だった。盆上大輔、三十五歳。職業、塾講師とテロップが流れていく。ご丁寧に盆上の同僚や知り合いまでもがその番組に出演し、「そんなことをする人には見えなかった」とありがちなコメントを発している。

景が捕まった時には、一体何百人が同じことを言ってくれるだろう？

盆上大輔の動機についてもよく取り上げられた。人が自分の指示に従って死んでいくのが面白くてたまらなかった、と忌憚《きたん》の無《な》いご意見を表明した盆上は酷いバッシングに晒されたけれど、そのことすら気に病んだ素振りが無い。息巻くコメンテーターに言わせれば、彼は典型的なサイコパスなのだという。自己愛と支配欲が強く、何の躊躇いも無く人を害せる人間。

それを見た時、率直に言って不快感を覚えた。そして、景のことを思う。景は盆上とは違う。景は人の心が分かるからこそブルーモルフォを創ったのだ。今だって良心に苛まれながらも、自分の正義の為に戦っている。

けれど、そこで出てきたサイコパスという概念自体には、何故か背が冷えた。勿論、サイコパス的特徴を持った人間が全員犯罪を犯すわけじゃない。テレビでも専門家が自分をサイコパスだと判断し、自らを研究対象に精神病質について研究した神経科学者を例に安易な決めつけを批難していた。けれど、景は。予言者染みた彼女の言葉を思い出す。これから先のことを見透かしていたかのようなあの言葉。

景が創り上げたブルーモルフォとは似ても似つかない偽サイトに誘われ、最終的には八人が死んだ。サイトの管理人を突き止めて盆上を捕まえるまでに八人も死んだ。盆上のブルーモルフォは簡単に課題のスキップが出来るから、死ぬまでに五十日も要らないのだ。

景が言っていたことを思い出す。もうブルーモルフォは規模の広がった共同幻想だ。景が創った本物のブルーモルフォが説得力を生んで、模倣犯たちに力を与える。盆上が逮捕されてもなお、ブルーモルフォへの周囲の関心は高まっていた。何しろ、あれによって八人もの人間が死んだことが証明されたのだ。盆上のサイトが閉鎖されてからも、同じようなサイトやまとめの名目で盆上の出した課題を掲載するところが後を絶たなかった。

それに影響されて、盆上の逮捕後に一人男子高校生が死んでいる。彼は魔法陣を描いたりはしなかった。ブルーモルフォの蝶のマークを身体に彫って、ただシンプルに飛び降りた。彼の部屋にあったのは課題のリストですらなく、盆上逮捕のニュース記事だった。

最悪の形で、あるいは最良の形でブルーモルフォが感染していく。

一連の流れは景にとって有利なことばかりだった。第一に、ブルーモルフォは例の粗雑なサイトであるという見方が強くなっていた。即《すなわ》ち、みんなはあれに踊らされて自殺やリンチに走ったのだと思われたのだ。

まるで体のいいスケープゴートだった。実際のブルーモルフォは、景が個人個人に向けて指示を送っているし、指示の内容だって八割方違う。けれど、その劣化ブルーモルフォですら人が死んだ。

ブルーモルフォは存在するだけで人を死に至らせる病に進化を遂げた。景の手によって死んだ人数は八十人ほどだったが、この余波を含めれば百人以上の人間が死んだ計算になる。このままネズミ算式に被害者が増えていくとすれば、最終的にどうなるのだろう？

「こうなってくると、ブルーモルフォに関わって死んだ人間が居るっていうことが、その物語を強めてくれるんだよ。最早《もはや》指示すら必要の無い人間が、『ブルーモルフォによって死ねば、来世を思い通りに生きられる』って一文で死んでいる」

僕の部屋のベッドに寝転びながら、景は静かにそう言った。

盆上大輔の逮捕を受けてもなお、景は状況を冷静に分析していた。夏が終わり、秋に差し掛かり、景の制服も冬服に移行し始めていた。僕達は結局夏休みも何処にも行かず、お互いの部屋で睦《むつ》み合《あ》っているだけだった。

僕の部屋に景が居ることにも随分慣れた。奔放な彼女が真っ先に僕の部屋のベッドに陣取ったのに戸惑ったのも懐かしい。

「上手く行けばブルーモルフォは永遠になる。インターネットにはまだ本物のブルーモルフォを探している人が溢れているし、それに応えようと本物のブルーモルフォを創り出そうとする人々も沢山居る」

そこまで言って、景は浅く息を吐いた。そんな彼女を見ながら、ぼんやりと思う。

景の目的はこれで達せられたんじゃないだろうか？

世の中にはブルーモルフォに踊らされて流されている人間ばかりだ。誰かに指示を与えたくて仕方がない人間と、何も考えずそれに従う人間たちの終わらないいたちごっこ。今もなお、景の手元には四十人ほど本物のプレイヤーがいた。もし、そこに新たなプレイヤーが加わらなければ、そうしたら。

「これで景は、ブルーモルフォを止められる？」

その時、景が一瞬だけ言葉に詰まった——ように見えた。ベッドに寝転んでいた景がゆっくりと起き上がる。

「……宮嶺の言う通りかもしれない」

景の目が子供のように見開かれる。初めてそのことに気がついたかのように声が揺れていた。

「このままずっと偽のブルーモルフォが増え続けてくれれば、私はもうマスターでいなくてもいいのかもしれない」

「うん。そうだよ。そうしたら景はもうブルーモルフォに関わらなくてもいいんだ」

「もう関わらなくてもいい……」

譫言《うわごと》のように呟かれた言葉が夢のように溶けていく。

「そんなに上手くいくかな？」

「上手くいくよ。もう景がいなくても、ブルーモルフォが動いていくようになって、淘汰が自然に行われるようになったら、もう景は苦しんだりしなくても済むんじゃないかな……」

景はしばらく僕の言葉を吟味していたけれど、不意に満点の笑顔を覗かせた。

「うん。宮嶺の言う通りかも。そしたら、旅行にも行けるね」

寝転んでいた景が僕の方に距離を詰めてくる。

「そうしたら宮嶺は何処に行きたい？」

「景が行きたいところでいいよ。でも考えてみたら僕らってずっとこの部屋に居たからさ。……本当に遠いところに行こうよ。凄く昔、南極は陽が沈まないから行きたいって言ってた」

「そんなこと言ったっけ」

「言ってたよ」

ごく自然な流れで指を絡ませる景のことを、僕から先に引き寄せた。景がくすくす笑いながら、それに乗ってくる。

景が当たり前のように遊びに来るようになったこの部屋には、寄河景の生きた証が残っている。未だに僕はブルーモルフォの被害者たちの記事をスクラップし続けていたし、日々更新され続けていく本物のブルーモルフォの指示もこっそりノートに写して取っておいている。

ブルーモルフォの秘密の中で、僕と景が向き合う。いつの間にか、景が僕の両腕を捕まえて、こちらを見下ろしていた。僕の格好は縫い留められた蝶のように見えるだろう。景がそのまま、僕の唇を軽く舐める。

「期末試験も終わったしさ。日曜日、何処かには行こうよ。南極じゃなくて」

「本当？　私あそこ行きたいな、水族館。この間リニューアルしたとこ」

景は無邪気にそう言うと、楽しそうに手を叩いてみせた。

この日は結局、僕も景と一緒にそのまま眠ってしまった。お母さんが帰って来るのと入れ違いでこっそり出て行く景がおかしかった。僕のお母さんに挨拶する時はちゃんとしてなくちゃいけないから、というのが景の言い分だった。

ところで、夢の中で僕と景は実際に南極まで出かけていた。落ちることのない日差しの下で、景が嬉しそうにペンギンを追いかけている。実際には、陽が落ちないのは夏だけで、南極のペンギンは人間が触れていいものではないらしいのだけど、その点は夢だからということで赦してもらうことにした。本当に幸せな夢だった。

日曜日、僕らは結局水族館には行かなかった。

その日が二人揃っての葬式で潰れたからだ。

3

景の喪服姿を見るのは、根津原あきらの葬儀の時以来だった。黒いフォーマルワンピースに身を包んだ景を見ると、何だか懐かしい気持ちになった。

死んだのは小学校の頃のクラスメイト、緒野江美《おのえみ》だった。五年二組に居た時、景と仲良く女子三人組を作っていた内の一人で、今は都内の女子高に通っていたらしい。吹奏楽部所属、担当楽器はファゴット。

彼女の死因は自殺だった。部屋には自分が何かを辛く思って死んだわけじゃないとの旨が記された遺書を残し、自宅のマンションの六階から飛び降りたのだ。

彼女の左腕には、歪な蝶の形の傷があった。

「偽ブルーモルフォだ」

訃報を聞いた瞬間、景は消え入りそうな声でそう呟いた。

拡大を続けていく偽ブルーモルフォは、相手を選ばない。否、ある意味正しいターゲッティングだ。緒野さんは、都市伝説染みたそれに流されて死ぬような人間だったのだから。

でも、こんなのは間違っている。僕はそう思った。

巷《ちまた》で流行っている奇妙なゲームに巻き込まれて死んだらしい、と囁く声が聞こえる。聡明《そうめい》な子だったはずなのに恥ずかしい、と彼女の親戚らしき人間が言う。

景は珍しく泣き崩れていた。無理もないだろう。小学生の僕から見ても、景と緒野さんは仲のいい友達同士だった。中学校進学を境に疎遠になったらしいけれど、それでも友達じゃなくなるわけじゃない。

緒野さんの遺影を見ながら、妙な気持ちになる。緒野さんと僕は六年生の時も同じクラスだった。僕が根津原に虐められていた時に、見て見ぬ振りをした一人だ。勿論、あの状況で緒野さんが僕を庇えたはずがない、と思う。

ただ、久しぶりに見ると胸が漣立った。緒野さんはあの時、流された一人だ。

線香を上げて、部屋の隅で囲まれている景を迎えに行く。葬式の場であるのにもかかわらず、景はかつてのクラスメイトに囲まれ続け、そこだけが場違いな同窓会のように見えた。

「景、大丈夫？」

僕がそう声を掛けると、景は泣き濡れた顔のまま周りに謝り、ゆっくりと僕の近くに寄ってきた。景がゆっくりと僕の手を引いて、会場から出る。外はお誂《あつら》え向《む》きに雨まで降っていた。軒下の影に入った瞬間、景ははっきりと言った。

「ブルーモルフォを止めるわけにはいかない」

噛み締めるような声だった。

「私は、続けないと」

その言葉を聞いて、絶望的な気持ちになる。

その気持ちは痛いほど理解出来た。自分の始めたことでかつての友達が死んだのだから、責任を取って最後までブルーモルフォを完遂する。なるほど、それは真面目な寄河景に相応しい。僕だって分かる。

でも、それならどうなるのだろう？

景はこれからもずっとブルーモルフォを続けていくのだろうか。ブルーモルフォが立ち行かなくなったら、きっとそれに代わるものを生み出してでもそれを続ける。だったら南極に行く日なんか来ないじゃないか。僕は身勝手にもそれでショックを受けていた。

「……うん。それを景が望むなら」

それでも、こう言うしかなかった。

「……最後まで続けよう。僕は景の傍にいるから」

「……ありがとう。宮嶺」

何処か安心したように、景が言う。仕方が無かった。景がその道を行きたいと言うなら、僕はただ景と並んで歩くより他が無い。

景の頭を優しく撫でていると、随分落ち着いてきたのか、景はいつもの寄河景に戻ってきた。なおも今の景のことを聞きたがるクラスメイト達に応対し、優しく相手をしてあげている。僕はそんな景の姿を、小学校の頃のように端から眺めていた。

その時、スマートフォンがピコンと何かを受信する。開いてみると、かつてのクラスメイトから送られた一斉メッセージだった。どうやら、場を仕切り直して五年二組で同窓会をしようということになったらしい。大方、景にあてられて気分があの頃に戻ったのだろう。

いじめのことなんて無かったかのように、みんなが成長している。あの出来事に囚われているのは、僕と景だけなのかもしれない。ああして人に囲まれているのを見ると、景だってもうとっくに忘れていて然るべきのように見えた。

「宮嶺のこと、色々聞かれたよ」

喪服姿のまま雨の中を二人で帰っていると、景が何処か嬉しそうにそう言った。

「恋人だって言っちゃったけど、いいよね」

「別に僕はいいけど、景は良いの？」

「何で？」

「だって僕は……いや、いいや」

景の恋人だということがバレたからか、あの後は僕もぽつぽつと話しかけられた。僕もまともに話せるようになった。卑屈で弱々しかった頃よりずっとマシな人間になっている。

「あ、そうだ。同窓会もやろうって計画してて。大関華《おおぜきはな》ちゃんが、みんなにメッセージを回すって言ってたんだけど……」

「ああ、それならさっき僕も受け取った」

「え？　華ちゃんとそんなに仲良かったの？　ID交換するくらい？」

景の言葉には、何処か場違いな怒りが籠っていた。何故か不貞を咎めるかのように僕を睨む。

「……ほら、小学校の時に全員が交換したでしょ？　そんなこと言ったら、僕のメッセージアプリには未だに根津原とのトークルームも残ってる」

「あ、そうか。そうだよね」

理由が分かったからか、

「何か、焦っちゃったよ。卒業後も華ちゃんと交流あるのかなとか思っちゃった」

「……景って意外と嫉妬深いよね」

「だって宮嶺が他の子と接点持ってるのってなかなか無いでしょ？　何は無くともとりあえず聞くよ！　偶然会ったのか仲良くしてたのかとかじゃまた変わってくるし……」

「僕にそんなに興味を持ってくれるのは景だけだよ」

「だったらいいのに」

景が雨音の隙間でそう言った。

けれど、僕にとって決定的な出来事はここからだった。

その夜、スマートフォンがもう一度震えて、件の大関さんからのメッセージが送られてきたのだ。内容自体は他愛が無い。

『既読全然付きません！　誰か氷山麻那《まな》ちゃんの連絡先を知っている人はいませんか？』

それに対して、周りの人間も最近連絡が付かなくなった、とかしばらく前から音信不通だ、などとメッセージを返す。それ自体は気にすることもないことなのかもしれない。

けれど、氷山麻那は、緒野江美と同じく小学校時代の景と仲が良かった。例の三人組の一人だ。

その時、何故だか分からないけれど嫌な予感がした。

だから、その次に景の部屋に行った時、僕はさりげなくタブレットを確認した。メッセージアプリを起動し、検索欄に『緒野江美』と入れる。

そうして出てきたトークルームには、会話が一言も無かった。

一度も会話していないわけじゃない。何しろ、トークルーム自体は残っている。緒野さんと景は何かしらの会話を交わしている。なのに、景は自分の送信メッセージはおろか、相手のメッセージまで全てを消去していた。

次に検索したのは『氷山麻那』だ。こちらもメッセージ欄には何一つ痕跡が残っていない。

これが偶然の一致で片付けられるだろうか？

緒野さんの葬式で泣いていた景のことを思い出す。

僕は景のことを疑っていたわけじゃない。

けれど、気づけば僕は氷山さんの住所を調べていた。小学校の頃のアルバムを確認し、訳の分からない予感に突き動かされながら、地図で場所を調べる。引っ越していなければ、氷山麻那はあの小学校の学区内に住んでいる。

4

そして、翌日には彼女の家に向かっていた。

どこからこんな行動力が湧いて来たのだろう。景が緒野さんと氷山さんからのメッセージを消去していることが引っ掛かった。

緒野さんと氷山さんは二人とも私立中学校に通っていた『受験組』だから、卒業してから僕はまともに会ったことすら無い。

そういえば、景はどうしてどこも受験しなかったのだろう、と思う。景は誰よりも成績優秀だった。家に余裕が無いということもないだろうし、景なら何処でだってやっていけただろう。わざわざ公立中学校に行く理由も無い。

そんなことを考えながら歩いていると、目的の家に着いた。何の変哲も無い一軒家だ。よく手入れされた庭と、綺麗に磨かれた玄関ランプが何処か品の良さを窺わせる。

インターホンを鳴らすと、ややあって、氷山さんの母親らしき一人の女性が出てきた。

「……どなた？　麻那のお友達？」

「あ、はい……その、僕は宮嶺望といいます。今度、小学校の同窓会があるんですけど、氷山さんに連絡が付かなくて。僕が代表して氷山さんに連絡しに来たんです」

自分でも妙な話だと思った。追い返されてもおかしくないような話だ。最悪、氷山さんがただ無事でいてくれるだけで僕の目的は達せられる。

けれど、目の前の女性は溜息を吐いて「よければ麻那に会ってやってください」と言って僕を家に招き入れた。何の警戒心を持っていないというより、他のことですっかり気を取られているかのようだった。

「麻那、お友達の方が来てるけど……」

氷山さんのお母さんは、とある扉の前に立つとそう声を掛けた。そして、申し訳なさそうに呟く。

「もしかしたら、話そうとしないかもしれませんけど」

「……はい。ありがとうございます」

そして僕は、ベッドの上に身体を縮めて座っている氷山さんに再会した。

久しぶりに会った彼女は、すっかり様変わりしていた。単に成長したからじゃないだろう。小学生から高校生になるまで数年が経っているとはいえ、その変貌は凄《すさ》まじいものだった。

闘病中だと説明されたら信じていたかもしれない。氷山さんの目は奇妙に落ち窪み、こけた頰には濃い影が落ちていた。微かに震える身体からは例えようのない怯えが見て取れる。

「久しぶり、宮嶺」

僕が何かを言うより先に、氷山さんがそう言った。

「座れば」

言いながら、氷山さんが学習机の前に置かれた椅子を進める。言われた通りに着席して、この部屋に入ってから薄々感じていた違和感の正体に気がついた。

彼女の部屋にはパソコンやタブレット、スマートフォンに関するもの——電子機器が一つも無かった。

「僕のこと覚えてるの？」

「忘れるわけないでしょ」

嘲笑《あざわら》うかのような声で氷山さんが言う。そこからは、隠し切れない悪意のようなものが見て取れた。正直な話、僕と氷山さんは殆ど接点が無かったのに。

「どうして今になって私に会いに来たの？　何のつもり？」

「僕は別に氷山さんをどうこうしようと思って来たわけじゃ……」

「アンタはね」

氷山麻那は短く言って、僕を睨む。けれど、その目は僕じゃないものを見ていた。ややあって、氷山さんが言う。

「景はそうじゃない」

「……まさか、景のことを怖がってるの？」

その瞬間、氷山さんが僕から目を逸らす。僕はそんな彼女に、なおも質問を重ねた。

「どうして景が怖いの？」

「アンタ、質問に答えてないじゃん。こっちは何でここに来たかを聞いてんの」

「緒野さんが死んだからだよ」

それを聞いた瞬間、氷山さんが大きく目を見開いた。どうやら、彼女は本当に外との関わりを断っているらしい。その時、氷山さんがひくっと大きくえずいた。そして、何度か荒い息を吐いた後、小さく「……やっぱり」と呟く。

「やっぱりって？」

「……江美、死んだんだ。死ぬと思ってた」

「何で？　どうしてそう思ったの？」

「…………景と、仲良かったから」

今度はこっちの息が詰まる番だった。漠然とした嫌な予感が、どんどんその形を確かなものに変えていく。そんな僕を横目にしながら、氷山さんは薄い笑みを湛えながら続ける。

「いつかこんな日が来るんじゃないかって思ってた。いつか、景に殺されるんだろうなって」

「待って、氷山さんは……緒野さんが景に殺されたと思ってるの？」

緒野さんは、偽ブルーモルフォに引っ掛かって死んだはずだった。でも、それが嘘だったんだとしたら？　と僕の中で声がする。緒野さんは偽ブルーモルフォではなく、本物に——寄河景に殺されたんだとしたら？

「そんな、景が緒野さんを殺すはずがない。だって、動機が——」

「あるよ。だって、私も江美も、景の共犯者だもん」

「共犯者……」

その言葉を復唱する。口の中がからからに乾いていた。氷山さんの言葉から、少しずつ全体像が見えてくる。小学校。共犯。思い当たる節は一つしかなかった。

「それって、小学校の頃にあったこと？」

ぴくりと氷山さんが身を震わせる。そして、唇を噛んだ。

その沈黙は、殆ど肯定だった。嫌な予感が次々と的中していく様に、薄気味悪さすら覚える。だって、こんな展開は酷い。さっきから、僕の頭では最悪の可能性ばかりが浮かんでいた。景が緒野さんを殺したのだとしたら、その理由は何だろう？

「……頷くだけでもいい。もしかして、氷山さん達は――」

ここにきて僕が思い至ったのは、彼女達が犯行を目撃していて、口封じの為に殺した可能性だった。

どうしてこのタイミングで口封じを行ったのかは分からない。もしかすると緒野さんか氷山さんのどちらかが、口を滑らそうとしたのかもしれない。それで景は殺した。何をしたのかは分からないが、緒野さんを飛び降りさせた。

きっと景は氷山さんにも何らかのコンタクトを取っている。それを恐れて、氷山さんはこうして外部からの関わりを断っているのかもしれない。

「そうだよ。景に言われて根津原を殺したのは、私と江美」

「え？」

言葉を続けようとした氷山さんに対し、思わずそう口を挟んでしまった。

「言われて……って、どういうこと？」

「その通りの意味だけど」

「だって、根津原を殺したのは景じゃ――」

氷山さんは、押し黙ったままじっと僕のことを見つめていた。その目は限界まで見開かれていて、縁の充血までもが良く見える。

「アンタ、何も分かってないんだね」

「え……？」

「景が根津原を殺した、とかさ。アンタ全然景のこと分かってないよ。景がそんなことするはずないじゃん」

「は……？」

予想もしていない言葉だった。

そんなはずがない。景は僕にはっきりと「根津原を殺した」と言った。僕を苦しめて、クラスの和を乱したから。嘘を吐いているようには見えなかった。それに、あんな風に根津原を殺せるような人間は景だけだ。他の人間が出来たはずがない。

動揺する僕を、氷山さんは哀れむような目で見つめていた。口元には微笑さえ浮かんでいる。ややあって、彼女は言った。

「景が殺したんじゃない。私達が殺したんだよ。景は何もしてない。私達に殺させただけ」

その言葉を聞いた瞬間、悪寒が走った。

「自分の手を汚したくなかったとか、そういうんじゃないんだよ。……景は、あの子はそういう人間なんだよ。江美が目を抉って、根津原がぎゃあぎゃあ喚いてるのを前に、私達は二人横に並んで、じりじりと怯える根津原に近づいていって。私らから逃げようとした根津原が落下したのを、景は落ち着いて確認してた」

その光景が目に浮かぶようだった。怯える根津原に向かって、足並みを揃えながら二人が歩いて行く。それを黙って見守る寄河景の姿。確かにそれは、とても景らしいやり方だった。

「誰も止めなかったの？　根津原を助けようとしなかった？」

「……アンタがよく言えるよね。あの頃の根津原は酷いもんだったでしょ。死ぬような目に遭ってたのはアンタじゃん」

そして、それに見て見ぬ振りをしていたのは氷山さんを含む周りのみんなだ。あの時僕を見捨てて助けてくれなかったのはみんなの方だ。それなのに、氷山さんはどうして、いきなり義憤に駆られたような顔をしているのだろう？　答えはすぐに分かった。憎しみに燃え立つ瞳が僕を刺す。

「だって、根津原は死んで当然の人間だって、景が言ったんだよ。根津原には生きてる価値が無いって。あの景がそんなこと言うんだから、根津原は相当だったんだよ。生きてる価値が無いなんて、景は軽々しく言ったりしない！」

その言葉で、小学生の頃の景がフラッシュバックする。誰にでも優しく、公明正大で色々なものを任されていた優等生の景だ。

「だから殺したんだよ！　景が言うから、景が言うなら、根津原は死んだ方が良いんだって」

いつの間にか、氷山さんの目には涙が浮かんでいた。見開かれた瞳から、大粒の涙がこぼれ落ちていく。

知っていたはずだった。景がどんな人間で今何をしているかを考えれば、簡単に分かる話だった。

景は殺していない。景が殺した。

その両方が成り立ってしまう。だって彼女は寄河景なのだ。他人の動かし方くらいちゃんと知っている。

「分かってるでしょ。みんなが景のことを好きで、景の役に立ちたくて、景はそれを当たり前のように使うし、ちゃんと受け取ったものに感謝をする。そこに邪念なんか一切無い。景は、景は……」

そこで、氷山さんの言葉が切れた。そこから先に相応しい言葉が見つからなかったらしい。

手が震え出し、氷山さんの目の前で蹲ってしまいそうになる。喉の奥に胃液の気配を感じて、必死に口を押さえた。指の隙間から荒い息が出てくる。今までの前提条件が崩れるような話だった。だって、なら、景は。

ここまで話を聞くと、景が何故ボールペンで目を刺させたのかも理解出来た。根津原あきらの指紋の付いたもので、同じ小学校に居る人間なら簡単に入手出来るもの。整然とした殺意があの結果を導いていく。

景はそこまで冷静に、犯行を計画していたのだ。

「信じられない？」

その時、氷山さんがフッと表情を緩めた。さっきまでの鬼気迫る表情に対して、随分毒気の無い笑みだった。そのまま、他愛ない思い出話でもするかのように、氷山さんが言う。

「分かってるよ。景は凄く良い子だった。……でもさ、おかしくなったんだよね。それを選んだんだよね。どうしよ、私らが景を悪魔にしちゃった。あの才能がそういう方向に向かったらどうなるか、ちゃんと分かってたはずなのに。景はある意味被害者なんだよ」

「………………被害者」

「景は私利私欲で動いたりしない。景は私達なんかよりずっと正しい。純粋な子なんだよ。それに景はさ、諦めないの。みんなの力が合わさったら出来ないことはないと思ってる。誰とだって友達になれると思ってるし、世界のことが凄く好き」

一拍置いて、氷山さんはこう続けた。

「だから、景が怖いよ。景は、景はきっと今でも私を殺そうと思ってるし、実際にそうすると思う。景の求める世界に、もう私の居場所は無いから。ねえ、宮嶺」

氷山さんが小さな声で僕を呼ぶ。けれど、その後に続いた言葉は、僕の予想していない言葉だった。

「景は私のこと、もう嫌いになっちゃったかな……」

「……え？」

「景は私に死んでほしいんだと思う。私のこともう嫌いなのかな。私のこと特別だって言ってくれたのに。私、今も景のこと裏切ってるよね……」

まるで子供のような口調だった。見た目は全く変わっていないのに、まるで目の前の氷山さんが小さな子供に戻ってしまったかのような錯覚を覚える。その顔は見捨てられる寸前の少女の顔で、思わず言葉が口を衝いて出た。

「そんなことない。氷山さんのことも、緒野さんのことも、景は嫌ってなんか——」

「江美だけだよ！　だって、江美は死んだから。死んで赦してもらったはずだよ。……

死んだ人間のことを悪く言うような子じゃないよ」

何処かおかしい理論を携えて、氷山さんが景を庇う。

「……景さ、この間急に連絡してきたの。嬉しかったなあ。でも、話してると分かるの。何故か分かんないけど、景がすっごく怒ってるのが分かる。死ななきゃ赦してくれないって、分かる。あのまま話してたら、きっと私、死んでた」

だから氷山さんは外界からの連絡を絶ったのだろう。電子機器も全部捨てて、景からの言葉を遮断したのだ。

でも、僕から見て、もう氷山さんは手遅れだった。彼女の目はもう既に、僕を見ていなかった。

程なくして、氷山さんは自ら死を選ぶだろう。そんな気がした。

僕はそんな彼女を置いて、薄暗い部屋を出る。氷山さんのお母さんが不安そうに話しかけてきたけれど、同窓会は断られた、という旨だけを伝えて外に出る。氷山さんの部屋のカーテンは閉め切られていたけれど、僕はそこから氷山さんが見ているような気がして仕方がなかった。

氷山さんから受けた衝撃の告白を反芻する。景は何処までも冷静に、周りの人間を使うことすら躊躇わずに根津原を殺した。

けれど、依然として、どうして景が緒野さんを殺し、氷山さんをも殺そうとしたのかが分からなかった。実行犯はあの二人だ。彼女達が秘密を明かすことは無いだろう。わざわざ口封じをする理由も無い。

偽ブルーモルフォを隠れ蓑にして、緒野江美を殺すことで、一体何が起こったかを考える。葬式が開かれた。小学校の同級生たちと再会した。……こんなものを景が望んでいたとは思えない。泣いている景。慰める僕。景は酷く責任を感じていて、雨の中で——。

自分には責任があるから、ブルーモルフォを止めないと宣言したのだった。

僕はそんな景の決断を、真面目な彼女らしいと思った。ブルーモルフォの運営をするにあたって、あんなに苦しんでいた景がそういう決断をするなんて、と痛ましく思い、いつかの旅行さえも諦めた。

でも、前提が違うのだとしたら？

景はブルーモルフォを止めたくなかったんじゃないだろうか？

僕がもうブルーモルフォを動かさなくてもいいんじゃないかと言った時、景は一見喜んでいるように見えた。でも、内心では嫌がっていたのかもしれない。ブルーモルフォを止めるつもりなんてなかったのかもしれない。

でも、それを僕の前で言うのは躊躇われた。まるでブルーモルフォの運営を楽しんでいるように思われそうだからだろう。だから、回りくどい『物語』を用意したのだ。ただ一人、僕の為に。

そう考えると背筋が冷えた。盆上大輔が逮捕された時の報道を思い返す。愉快犯的に人を殺した盆上はサイコパスだと評されていた。彼が人を殺したのはそれが何より楽しかったからだ。ただ殺す為だけに殺す。それだけを目的としているから歯止めが利かない。

そこまで考えて頭を振った。そうじゃない。景はそんな人間じゃない。景は自分の為に人を殺してるわけじゃない。景の行動は暴走した正義だ。彼女は周りが見えなくなっているだけだ。彼女の行為にはちゃんとした理由がある。ブルーモルフォが世界を変えられると信じているからこそ、景はこんなことに手を染めたのだ。実際に、ブルーモルフォに引っ掛かるのは馬鹿ばかりだ。死んで当然な、流されてばかりの人間だ。

……本当にそうだろうか？

急に足元が覚束なくなり、地面にへたり込みそうになってしまう。胸の辺りからごぼごぼと気味の悪い音が鳴り、さっき氷山さんの家で覚えた吐き気が舞い戻ってきた。

その時、僕はふと彼女のことを思い出した。

景づてに交換した連絡先を呼び出し、メッセージを送る。

景は悪い人間なんかじゃない。そのことを証明する手立てが必要だった。蜘蛛の糸に縋る罪人のような気持ちで、僕は彼女を呼び出す。

5

善名美玖利は、それから三十分も経たずに駅前に来てくれた。近くのカフェに入り、彼女と向かい合う。

「何か顔色悪いけど。気分悪い？」

善名美玖利は綺麗に整えられた眉を寄せながら、そう尋ねてきてくれた。自殺騒ぎを起こした時とは見違えていた。あの時より幾分か痩せてはいたけれど、少なくとも今すぐ死にそうには見えない。

「それにしても久しぶりだね。ていうか私でいいのかな？　景へのプレゼントを選ぶのに、私の意見が参考になるか分かんないし」

「そんなことないよ。景はよく善名さんの話をしてたし。……その、アドバイスを貰えたらなって」

「そうなの？　嬉しいなー。……あの時はしばらくは景に頼りっきりだったから。本当に……」

善名さんの言う『あの時』とは例の自殺騒ぎのことだろう。もう大丈夫なの？　と尋ねると、善名さんは何処か気まずそうに目を逸らした。

「……でも、もう無意味に死のうとなんて思わなくなったんだ。足が動かなくなったから、なんて理由で死のうとするなんて、私は馬鹿だったよ。あの時、景が止めてくれて本当に良かった」

それを聞いた時、うっかり泣きそうになった。

そうだった。景は善名さんの自殺を止めたのだ。

本当に人の心が無い人間が、誰かを助けたりするはずがない。景が心の底からの悪人なんかじゃないことは、善名さんが証明してくれている。僕は震えを隠しながら口を開いた。

「その後は大丈夫？」

「ううん。むしろ前より全然いいよ。前はずっと死にたい気分だったけど、ようやく立ち直れてきたんだ」

「そうなんだ。よかった……」

目の前の善名さんは幸せそうだった。あの時の不幸そうな影は見る影もない。

「ね、景とはまだ付き合ってるの？　景ってあの時から宮嶺のことが大好きだったでしょ？」

「うん。いや、あの時はまだ付き合ってなかったんだけど……」

「えっ、あんなに宮嶺の話ばっかりしてたのに？　そっちの方が凄いわ」

他愛の無い話題で、善名さんがからからと笑う。その時、善名さんの髪が揺れて、微かに首筋が見えた。そして気づく。

露わになったその場所に傷のようなものが見えた。傷は全部で五本あり、まるで日付を数えるように連なっている。そういう形の傷には覚えがあった。

『課題二十六・好きな場所に五本の線を刻む』だ。

まさか、と思う。そんなはずがない。もしそうだとしても、偽物であるはずだ。盆上大輔のサイトが閉鎖されたから、きっとそれは何処かのサイトから調達してきたものだろう。

心臓が早鐘を打っている。そんな偶然はあるだろうか？　僕が殆ど縋るような気持ちで相対している目の前の女の子が、今まさに自死に向かっているなんてことが？

「善名さん、一ついいかな」

そう言う僕の声が、まるで他人のもののように響く。

「どうしたの？」

「……ブルーモルフォ、って知ってる？」

僕の問いに答える代わりに、善名さんはブラウスのボタンを静かに外し始めた。軽やかにボタンを外していく彼女の目には、とろけそうな幸せが滲んでいる。

善名美玖利の鎖骨の下には、蝶の形をした鮮やかな傷が付いていた。

＊

盆上大輔の逮捕から三日が経ち、日室衛は二日の無断欠席を経て、職場に復帰した。体調が悪くて連絡も出来なかった、と言う日室の言い分を信じた人間は殆どいない。みんなが薄気味悪そうな目で、入見だけは「みんな心配していたよ」と暢気に声を掛けた。

「ああ、そんな心配掛けてたのか。まあ、身から出た錆《さび》ではあるけどな、複雑だわ」

日室はそう言いながら苦笑する。毒気を抜かれたかのような態度の彼に、入見はなおも続ける。

「盆上大輔の逮捕の時に凄く情熱を傾けていたのを知ってる。今の彼には興味が無い？」

「……俺はイカれた殺人犯を捕まえるのが得意でも、そいつが何でどうイカれてるのかは専門外だ。そっちは認めてんだろ？」

日室の言う通り、盆上はあっさりと容疑を認めていた。むしろ、自分から語りたくてたまらないと言わんばかりにブルーモルフォについて滔々《とうとう》と語っている。だからこそ一層、入見の目には彼が何かにとりつかれているかのように見えた。

「もういいか？　俺、山川《やまかわ》のオヤジに呼ばれてんだよ。流石に休み過ぎたな」

左腰に付けたホルスターを弄りながら、日室は気まずそうに目を逸らす。

「最後にもう一つ」

「何だ？」

「デスクのあの花、どうしたんだ？」

「俺が花買ったら悪いかよ」

それだけ言って、日室はさっさと歩いて行ってしまった。それと入れ替わるように、盆上の取り調べについていた高倉の方が歩いてくる。

「お疲れ、高倉。そっちの方はどう？」

「どうもこうも。もう新しい話は無いですね。ブルーモルフォがどれだけ優れてるかの話だけです。同じ話五十回は聞いてますよ」

「……それじゃあ、本物の管理人に関する情報はまるで無いのか」

「入見先輩、黒幕別にいる説を捨てませんね。そもそも、本当にそんな人間が居たとして、盆上が逮捕されたことで手を引くかもしれないのに」

「いいや。やめないよ。ああいう人間の欲望には果てが無い。何人自殺させたって終わりなんてない。それこそ全人類が死んでも満足出来ないかもしれない。一度その快感を覚えたら、際限なくそれを続けようとするさ」

「マジですか。そうでなくてもブルーモルフォは全然落ち着いてないのに」

ブルーモルフォは終わらない、という言葉の意味を聞きそびれていた高倉は、結局身を以てその意味を知ることとなった。

管理人である盆上が捕まったことで、色々なメディアがブルーモルフォについてを報道するようになった。ブルーモルフォという言葉に対する認知度は飛躍的に上がった。

その結果、懲りずにブルーモルフォについて纏めるサイトや、模倣して指示を出すサイトが一瞬にして増え始めたのだ。

勿論、急ごしらえで出来たものは盆上大輔が作ったものよりもずっと質が劣るものだった。けれど、サイトが増え、閲覧者が増えれば、質がどうあれ被害が拡大していくのは明白だった。

「一個一個消していくしかないんですかね」

「全てのサイトをすぐさま消すことは無理だよ。もうブルーモルフォという名前じゃなく、自殺ゲームってだけでも周知されるようになってるしね。勿論、異様なカリスマを持つ『本物の管理人』を捕まえたら、この狂乱は一旦収まるかもしれない。でも、その間にもブルーモルフォをプレイし始める人間は救えない」

まるで疫病のようだ、と入見は思う。こっちがどれだけ削除し続けても、向こうはそのスピードを上回る勢いでブルーモルフォを増やしていく。こちらが遅れを取れば取るほど、感化されて人が死んでいく。やれるだけの手は尽くしている。サイバー部門だってひっきりなしに動いている。

「……最悪の娯楽ですよ。まるで集団ヒステリーだ」

「集団ヒステリーより性質が悪い。みんながブルーモルフォに夢中なんだ。人間の好奇心は止められないから、みんながそっちに流れていく――」

その時入見の言葉がはた、と止まった。

ブルーモルフォは疫病のようなものだ。興味を持った人間が巻き込まれて、その糸に縊《くび》られて死ぬ人間が現れる悪循環。消すことで後手に回り、その間に新しいものが羽化していく。

なら、その元を断つ為に何をすればいいだろうか？

「どうしてこんなことに気付かなかったんだろう。そうだ、あるじゃないか。この流れを止める方法が」

「止める方法？」

「私達が『ブルーモルフォ』を作るんだよ」

6

蝶の形の傷を見ながら、僕はただひたすら硬直していた。彼女を止めなければ、と思うのに何を言えばいいか分からない。まさか、よりによって善名美玖利が偽ブルーモルフォに掛かるなんて。思わず、そのブルーモルフォは偽物だ、と言いそうになったくらいだ。

どちらだって、迎える結末は変わらないのに。

「マスターは私には素質があるって言ってくれるの。私の魂が綺麗だから、きっと来世では凄く素敵な人生を送れるって」

夢を見ているかのような口調で、善名さんが言う。そのマスターは、恐らく盆上大輔の模倣犯だ。模倣が模倣を呼び、ブルーモルフォを拡大させていく。各地に存在する蛹が、冬を前に一気に羽化していくかのようだった。

「宮嶺もブルーモルフォ知ってるんだ。まあそうだよね。でも、私のブルーモルフォは本物なの。本物のブルーモルフォだけが、来世を約束してくれる」

「……善名さん、そんなのはおかしいよ。だって……それが本物だって何で分かるの？」

「本物のマスターは、話をすれば分かるよ。全然違うから」

話がまるで嚙み合わない。善名さんが命令を受けているマスターが偽者であることを知っているのは、僕だけだ。でも、それを証明しようとすれば、景の正体に触れることになってしまう。それだけは避けなければいけなかった。

そうだ。……景だ。景がこのことを知ったらどう思うだろう？　それを考えるだけでぞっとした。かつて自分が助けた女子高生が、今は自分が撒《ま》き散《ち》らしたブルーモルフォの所為で死のうとしている。それを知った時の景は、その衝撃に耐えられるだろうか？

……それとも、何とも思わないだろうか。

景は既に、根津原殺しの共犯者たちを自殺させているかもしれないのだ。葬式で見せたあの涙も嘘かもしれない。猜疑心《さいぎしん》と期待が同時に胸を焼く。善名さんは、僕の期待を一心に背負っている存在だったのに。

そんな僕の逡巡を全く知らずに、善名さんは無邪気に言った。

「私があそこで死ななかったのは、転生する為だったんだよ」

「違う！　あそこで死ななかったのは景が止めたからだろ！」

景の名前を出した瞬間、恍惚《こうこつ》に浮かれていた善名さんの顔が歪んだ。さっきとはうって変わって、人間らしい表情だった。

「……景のお陰だとは思ってる。あそこで景が私の為に身体を張ってくれなかったら、私は馬鹿な真似《まね》をしてたはずだよ」

「……なら、景が助けてくれた命を捨てるような真似をするのは間違ってると思わないか？」

「ねえ、宮嶺とはそこの部分が全然嚙み合ってないよね。私は命を捨てるわけじゃない。次のステージに進む為に活用したいだけなんだよ。景に救ってもらった命だからこそ、後悔しないようにしたいの。今の宮嶺には分からないかもしれないけど、死のうとして死ぬのと、生きる為に死ぬのは全然違うことだよ」

善名さんはもっともらしい言葉で僕を諭してくるものの、それは単なる詭弁《きべん》でしかなかった。

「景はそんなこと思わない」

僕ははっきりと言った。

この期に及んでも、僕は景を信じていた。なんて、こんな言い方すらおかしいのかもしれない。何が間違っていて何が正しいのか、どれが本当の寄河景なのか。

「善名さんがブルーモルフォに関わってるって言ったら絶対に止める」

けれど、景は善名美玖利を救った時、スピーチを引き受けた時、自分の言葉が誰かの命を救う方向に作用すると信じていた。あの言葉は嘘じゃないはずなのだ。

「何それ……景だって話せば分かってくれると思うし」

景の名前が出た瞬間、さっきまで恍惚の表情を浮かべていた善名さんの顔が曇る。

「なら、このこと景に言ってもいい?」

「何で宮嶺がそういうこと言うわけ? 何の脅し?」

「脅しじゃない。ただ、これは景に言わなくちゃいけないと思っただけだよ。それとも、景に言われたら決意が揺らぐ?」

突然態度が変わった善名さんに追い打ちを掛けるかのようにそう言うと、善名さんはあからさまに不快感を滲ませた。

「……ちょっと、何でそこまで気にしてるの? 景の為なの? ……何で伝わらないかなぁ。私が死ねるのは景が助けてくれたからなのに」

「君が死んだら景は悲しむはずなんだよ!」

声を荒げてそう言うと、善名さんが酷く悲しそうになる。

「……抜けられないんだよ。ブルーモルフォからは。抜け出そうとしたら、クラスタの人間に殺される。……知らないの? 噂になってるでしょ、リンチ殺人。私が裏切ったと思われたら、ああいう目に遭う。転生も出来ないでただ死ぬのは嫌だ。ただでさえ、私は位が低いんだよ。クラスタの誰の住所も教えてもらってないの。私が信用されてないから」

「……警察に、警察に言えばいい。きっと助けて——」

「私は救われたい」

善名さんがそう言い捨てて、足早に去って行く。それを見ながら、久方ぶりに足元が覚束なくなる。まるで、僕があのフェンスの向こうに立たされているみたいだった。

正直に言おう。僕にとって、善名美玖利は寄河景が人間であることの証明そのものだった。

彼女を死なせたくないのに、僕では善名さんを説得出来ない。善名美玖利を救える人間は、恐らく一人しかいないのだ。

7

「善名さんがブルーモルフォに巻き込まれてる」

生徒会室に入るなり、僕は景にそう言った。

お互いの部屋で過ごすようになってから、ここでそんな話をすることは殆ど無くなっていた。景は文化祭の予算の最終チェックに精を出しているようで、分厚い書類を手に持ちながら呆《ほう》けた顔を晒している。ややあって、彼女が小さく言った。

「善名さんが……」

「何処のサイトか分からないんだけど、多分それを見て影響されたんだと思う。どうしよう景、止めないと」

「そんな……」

景の顔がみるみる内に青褪めていく。葬式の時と同じように、景の表情は本当に悲しんでいるようにしか見えない。僕では景の本当の気持ちを汲み取ることなんか出来ないんじゃないか、とすら思う。それでも、ここが分水嶺《ぶんすいれい》だ。

「……善名さんのこと、景も死なせたくないよね？」

「当たり前だよ。……江美ちゃんの時だって、私は凄く後悔してた」

心の中で、そっと息を呑む。これから僕は景に一つ嘘を吐く。

「それで……善名さんが、今日の午後九時に、駅前のカフェで話したいって言うんだ。景に何も用事が無ければ、善名さんに会ってあげて欲しいんだけど」

「……うん。善名さんと話してみる。私で止められるかは分からないけど」

景が僕の求めていた言葉を言ってくれる。景はこのまま本当に善名さんのことを止めてくれるかもしれない。

フェンスの向こう側に立つ景に、もう一度会えるかもしれない。

その夜、僕は駅前のカフェに向かった。善名さんが待っている、と景に嘘を吐いたカフェだ。ここにもし景が来てくれていたら、景にはまだ善名さんを助けようという意志がある。

そうしたら僕は景を騙《だま》したことと、景を疑ったことの両方を謝って、これからも景の隣に居るだろう。息を詰めて、カフェの前に張り込む。

果たして、午後九時に来たのは、景ではなく善名美玖利だった。

善名さんは辺りに目もくれずに指定されたカフェに入り、コーヒーを注文する。そして、その一杯だけを飲んですぐに出て行った。賞味十五分も掛からない一連の流れを見て、息が浅くなった。

善名さんは景と待ち合わせなんかしていなかった。あれは僕の嘘だ。でも、善名さんはその通りにここに来た。それはどういうことだろう?

僕はそのままスマートフォンを操作し、景に電話を掛ける。電話はすぐに繋がった。

『私のことを試したの?』

怒っているわけでも、責めているわけでもなかった。ただ疑問に思っているだけの口調だ。僕の嘘はあっさりと看破され、景は意趣返しとして善名さんをここに送り込んだのだろう。

景はもう取り繕おうとはしていない。僕が彼女を試したことで、おおよその心の機微を察したのだろう。

分かり切っていたことだった。それでも、聞かずにはいられなかった。

「…………善名さんに指示を出しているのは、景なの？」

善名さんを死に向かわせようとしているのは景なのだろうか。

前回確認したタブレットには、新しい名前が順当に増えていた。あのリストの人間が全員死ねば、いよいよ景が自殺に向かわせた人間は百人を超える。偽ブルーモルフォや盆上大輔の手に掛かった人間も数えたらもっとだ。

それでもまだ景は足りないんだろうか。

果たして、景は困ったように言った。

『失望した？』

「しないよ」

僕は分かり切っている言葉を口にする。

その瞬間、僕の目の前に景が現れた。

イルミネーションに照らされた景は、デートに遅れてきた恋人のようだった。キャラメル色のダッフルコートも、それに合わせた赤いマフラーも可愛らしい。駅前を行き交う人達には、きっと僕達は何の変哲も無い恋人同士に見えるだろう。景が耳に当てていたスマートフォンを降ろし、こちらに手を伸ばす。通話を切ってから、彼女のことを抱きしめる。

「緒野さんが殺されたのは僕の所為なんだね。景はブルーモルフォを続けたかったんだ。

もうブルーモルフォの運営は苦しいことじゃないのに、僕があんなことを言ったから、景には理由が必要になった。ブルーモルフォを辞めない為の『物語』が」

いつかの日に、景の部屋で聞いた言葉を引いて言う。こんな形で彼女の正しさを知るなんて思わなかった。

友人がブルーモルフォの所為で死んだのだから、自分が手を引くわけにはいかない。景のその結論に僕は共感し、理解を示してしまった。魔法が解けた今になれば、そこに理屈が無いことくらい簡単に分かるのに。葬式で覚えた身勝手な悲しみを思い出す。景がブルーモルフォを続けたところで、緒野江美が生き返ることなんかないのに。

景はさして動揺している風でもなく、笑顔を浮かべたまま僕のことを見つめていた。

「この際だから全部言ってよ。宮嶺には何処まで分かってるの？」

「……クラスタに自浄作用があるっていうのも、嘘だよね」

僕はずっと考えていたことを口にする。どうせ、間違った推理をしたところで僕が失うものは何もない。なら、正確な全体像が知りたかった。

「元々考えてたんだ。クラスタで相互監視をさせるっていうのはリスクが高すぎるんじゃないかって。個人情報を共有させたり、プレイヤー同士で連絡を取り合わせたりしたら、ブルーモルフォの効果が薄れてしまうかもしれない。そんな不安定なシステムで、今まで破綻しなかったのが不思議だった」

景は何も言わないまま、じっと僕のことを見つめていた。

「でも、クラスタが相互監視を行っていて、離反すればクラスタのメンバーが殺しにくる、というのは確かに抑止力になる。リスクは高いけれど効果的だ。丸井蜜子さんのことが大々的に報道されたことで、プレイヤーは粛清を信じるようになっただろうし。リスクヘッジを取るか、あるいは強い抑止力を取るか。でも、リスクを踏み倒してこの抑止力を行使する方法が一つある」

本当はもっと早くに気がついているべきだったのかもしれない。ただ、僕にはこの推測を立てられない立場にあった。

「景だけが粛清を指示すればいいんだ。実際に自浄作用なんて無くていい。景が離反しそうな人間を選んで、他のプレイヤーに殺害を命令すればいいんだ。相互監視もさせなくていい。プレイヤー自身が、自分は監視されているんだと思い込むだけでいい」

善名さんは、抜けようとすればクラスタに殺されると信じていた。けれど、彼女自身は位が低いという理由で、クラスタの個人情報を全く教えられていなかった。

でも本当は、個人情報を教えられていた人間なんかいなかったんじゃないか。プレイヤーはクラスタの中で自分だけが個人情報を教えられず、一方的に粛清される側だと思い込んでいたんじゃないだろうか。考えれば考えるほど、そうとしか思えなかった。

「この考えに辿り着けなかったのは、景が——誰かを殺せって命令するなんて思えなかったからなんだ。でも、そうとしか考えられない。……自浄作用も嘘？　景が丸井さんたちを殺せって言ったの？」

「そうだよ。ブルーモルフォから逃げる人間を生かしておくわけにもいかない」

景はもう繕わない。僕だってそうだ。今からはもうただの確認作業に過ぎない。

もう分かった。ニュースで見た言葉を思い出す。益上大輔に当てはめられていたサイコパスの特徴、そのガラスの靴は景にこそ相応しい。僕がこの間まで妄信していた景なんてどこにもいない。

そこに立っているのは、他者への共感が乏しく、他人を平気で踏み躙《ふみにじ》ることの出来るおぞましい人間でしかないのだ。僕は彼女のことを見誤り、目の前で沢山の人が殺されていくのを止めることすら出来なかった。そうして辿り着いた場所がここだ。

それにしても、寄河景は美しかった。駅前のイルミネーションの非日常的な光が輪郭を縁取り、殆ど神々しい。世界が景を弁護し、彼女の善性を主張しているかのようにすら見える。

彼女がもう少し醜くあってくれたら良かったのに、と本気で思った。人殺しが綺麗に笑わないで欲しい。そのグロテスクな内面に比例するように外見もおぞましくあってくれたら。

「景は、多分、良い人間ではないんだね」

「そうだね。私はきっと化物なの」

ややあって、景が歌うように言った。何だか妙に凪いだ声だった。

「私はブルーモルフォが好きだった。とあるゲームデザイナーの言葉なんだけど、面白いゲームをデザインする為に必要なのは、快楽を仕組み化することなんだってね。ただ、私とみんなの快楽は違うみたい」

あくまで穏やかに景が言う。月曜日が好きな人も居れば日曜日を好きな人もいる、と同じトーンで、景は自らの欲望を正常の延長線上に置く。

「根津原くんの一件で着想を得たのは本当。ブルーモルフォで死ぬ人間に生きる価値がないと思っているのも本当。社会を掃除するだけで、私の楽しみも満たせる。そうだね、ブルーモルフォを運営するのは楽しかった」

「……どうして」

思わず口に出していた。この期に及んでも、僕は景を理解しようとしていた。まだ何か理由があるんじゃないかと。景がこんな風になってしまった理由があるんじゃないかと願っていた。けれど、そんな僕を突き放すかのように景が言う。

「ごめんね。理由なんてないんだ。両親は二人とも良い人だし、私をちゃんと育ててくれた。周りの人はみんな良い人だったし、悲惨な家庭状況もいじめられた経験もなかった。私はずっと幸せだった」

その時、景が小さな子供をあやすように僕を軽く撫でた。そのまま耳元で囁く。

「あの子がトイレに行っている間に、凧を隠したのは私だよ」

その瞬間、僕は景が本当に自分の理解の及ばない存在であることを知った。

そんな人間が、ブルーモルフォを通して色んな人間と繋がれていたことが信じられなかった。ブルーモルフォの始まりは、死にたがっていた少女への共感から生まれたはずなのに。景は、最初から世界と断絶されている。

僕は腕の中に化物を匿《かくま》いながら、ただの恋人同士の振りをした。

「……僕は正義の味方じゃない。景の、ヒーローだから」

確かめるようにそう口にする。景が微かに頷いた。

僕がブルーモルフォを焼き殺す決意を固めたのはこの時だった。一番破滅的な終わりに向かって、僕は密かに歩みを進める。

＊

「最初から私達がカウンターサイトを作ってればよかったんだよ」

入見の行動は早かった。手の空いている人間を全員集めて、そう説明する。

「入見先輩、カウンターサイトって何ですか？」

「要するに、私達がこれから行うことは一種の検索妨害だ。『ブルーモルフォ』で検索してきた人間を誘導する為の別のサイトを作る。ブルーモルフォで検索してきた人間が見るのは、精々検索上位十位までだ。私達のサイトは削除されないから、いずれ検索欄は私達のカウンターサイトで埋まる」

スクリーンに実際の検索画面を映しながら、入見が言う。

「ブルーモルフォの恐ろしいところは、指示を重ねることで人間から思考力を奪うところにある。睡眠時間を意図的に削ったり、自信を喪失させたりね。私達が作るカウンター・ブルーモルフォでは、それらの危険な指示を送らない。それでいて限りなくそれらしい偽のブルーモルフォを作る」

入見がカウンター・ブルーモルフォに載せる指示として挙げてきたのは、どれもが牧歌的なものだった。

「こんなものに効果があるんでしょうか？」

「相手方だって世界を変えられると思ってるんだ。私達がそう信じたっていいじゃないか」

入見がそう言うと、ネットに明るいものはすぐさまカウンターサイトの作成に取り掛かった。インターネットに流されている『ブルーモルフォの蝶』の画像を収集し、一番それらしいと信じられているものを採用し、本物らしいブルーモルフォを作っていく。

画面に映し出されたブルーモルフォの蝶は、入見の目から見ても洒落た代物だった。入見は思う。……蝶のモチーフ。確かに他の世界に転生するって教義には沿っている感じがするけど、そもそもこのモチーフの元は何処から来たんだろう？

その時だった。カウンターサイト作成に勤《いそ》しんでいたはずの高倉が慌ただしくやって来た。

「入見先輩、少しいいですか」

「どうした？」

「実は、自分の息子の自殺もブルーモルフォに拠るものだって訴えている母親が来てるんですよ。……ほら、盆上大輔が捕まったって聞いて、合わせて調べ直して欲しいって。でも、その自殺は明け方に起こったものではありませんし、正直ブルーモルフォと関係があるとは思えないんです。でも、不可解は不可解な上に、母親がどうにも譲りませんから」

「……高倉、その事件の概要見せてくれる？」

「はい」

受け取るなり入見は、広大東《こうだいひがし》小学校に通っていた男子生徒・根津原あきらの自殺の概要にざっと目を通した。何の問題も無さそうな快活な児童の飛び降り自殺。左目に刺さったボールペン。遺書は無し。要素をこれだけ抜き出すと、ブルーモルフォと関連づけるのは難しいように思えた。

　そもそも、根津原あきらの死はブルーモルフォが動き始めたと思われる時期よりずっと前だ。強いて言うなら左目に刺さったボールペンだけはブルーモルフォ要素と言っていいかもしれない。小学生が行うには異質過ぎる自傷は、ブルーモルフォの指示に通じるものがある。だが、それとこれとを線で結びつけるには、確かに時間が開き過ぎていた。

「どうですか、入見さん。俺はブルーモルフォとは関係無いと思ってますけど……」

「……確かに、それとこれとは全然違う話のように思えるけれど……」

「それで、その……。根津原あきらの母親は、犯人にも心当たりがあるって言うんですよ。実は、根津原あきらは小学生の頃、いじめをしていたとかで……。表沙汰にしたくない出来事だから、今まで明らかにならなかったそうなんですけど。……その時虐められていた少年が、ブルーモルフォの首謀者だって」

「凄い論理の飛躍だね。そんなはずないだろう」

「俺もそう思ってはいたんですけど。……その根津原が当時やっていたブログが、まだ残ってるんです」

　そう言って、高倉は件のブログのURLを開く。表示されたブログのタイトルを、入見はそのまま復唱した。

「『蝶図鑑』」

開かれたページには、一面に誰かの手の写真が並んでいた。

8

どの途《みち》、もう潮時だったのかもしれない。

僕がブルーモルフォを終わらせる決断をした直後、警察の方も目立った動きを見せるようになった。ブルーモルフォと検索した時に出る一番最初のサイトが変わったのだ。尤も、前の一位だった盆上のサイトが消されてから色々なサイトが立ち代わりで後釜に座っていたのだけれど、今回現れたサイトは、明らかに作為を感じるものだった。

そこのサイトは、デザインだけで言うなら盆上大輔のサイトよりも洗練されたものだった。仮に景がサイトを作ったらこんな感じになるだろうというデザインのものだ。

けれど、そのサイトから送られてくる指示は馬鹿げたものばかりだった。『身近な人間に感謝を伝える』だとか『一年以上食べていないものを食べてみる』だとかのくだらないものだ。今までのブルーモルフォの模倣犯とは明らかに違う。

これの効果は明白だった。興味本位で検索した人間がこのサイトを見れば、あまりの馬鹿馬鹿しさに少しだけ冷静になる。ブルーモルフォが意図的に引き起こしているのは集団ヒステリーであって、集団幻想だった。実際に人間が死ぬ、という確かな実績があって、その実績があったからこそ、死後の聖域だとか理想の生まれ変わりだとかの物語に根拠が生まれたのだ。

反して、検索画面のトップにしつこく居残り続けるこれらのサイトはそのヒステリーに水を差してしまう。自分を死に向かわせてくれるきっかけを求めていた人間は、このサイトを見て落胆するかもしれない。馬鹿にするかもしれない。

それだけで、ブルーモルフォの価値は大きく下がってしまう。

「これ、多分警察が作ってるサイトだと思う」

そのことに一早く気がついたのも景だった。ブルーモルフォの偽サイトが作られる度に消えている状況下で、何故かそれらのサイトだけは消えずに残り続けた。ある意味でそれらのサイトだけは特別だったのだ。

「面倒なことを考えるね。確かに効果的だけど」

いつもは自分の部屋に入るなりベッドに寝転ぶ景が、珍しく座ったままそう言った。

「これ、どうするの？」

「私の物語は、ブルーモルフォは負けない」

景は冷静な声でそう呟く。悲観しているというよりは、何だか随分つまらなそうな声だった。

あの夜から景の口数は少なかった。僕の方は変わらず景に接していたし、景だって表立って態度を変えたりはしなかった。衝撃的な告白をされようとも、まだ僕は景のことが好きだった。

どれだけ赦されざることをしたって、僕のスタンスは変わらなかった。人殺しのことを嫌いになれない人間はどうすればいいのだろう？　他人事のように思う。

景の隣に座ると、景は前と変わらず頭を預けてくる。その重みは今でも愛おしい。

「景」

「……どうしたの？」

景の声が僅かに緊張しているのが分かる。僕が何を言うか、彼女が静かに牽制しているのが分かる。そんな景をあやすように、僕は優しく頬を撫でた。

「僕さ、景と一緒に行きたいところ思いついたんだ。南極とか水族館じゃないんだけど」

「行きたいところ？」

「そう。でも、夜中じゃないと駄目だから、出来れば景の両親が居ない時がいいかなって」

「……金曜日とか？　次の日学校無いし、お父さんは出張だし、お母さんの方もおばあちゃんの様子を見に行きたいって言ってたから、見に行ってもらえばそれでいいかも」

「じゃあ、その日に」

景が頷く。僕達は普通の恋人同士みたいにデートの約束を取り付ける。景は前と変わらずに、僕に身を摺り寄せてきた。僕はそんな景のことを撫でて、優しくキスをする。景は僕の傍で何の警戒心も無く眠る。

景が誰かを傷つけるのに何の痛みも覚えないのだとしたら、彼女はどうして自分を傍に置いているのだろう。かつて信じていた嘘は、そのまま僕が必要な理由になっていたけれど、本当の景は暗い道だってきっと危なげなく歩けるのだ。

眠る景の髪を撫でながら、傍らのタブレットを拾い上げる。そこから、いくつかの検索ワードを入れて、目的のサイトを開く。

そこは、自分の息子を不可解な事件で失った女性が——根津原あきらの母親が、情報提供を募っているサイトだった。

葬式であれだけ取り乱していた根津原あきらの母親は、未だに息子の死に納得がいっていないらしい。このサイトの存在自体はずっと前から知っていた。殆どブログ並の簡素さで、メッセージフォームと自分の息子の死の不可解さのみが記されている。

書き出しに少しだけ悩んでから、メッセージフォームを開いた。そのまま、自分がかつて根津原あきらのクラスメイトであったこと、自分は根津原あきらを殺した人間を知っていること、そして、動機までを書き連ねる。

URLを添付する時に、久しぶりに『蝶図鑑』を開いた。そこには、今よりもずっと小さくて頼りない自分の手があった。痛みの記憶が鮮烈に蘇《よみがえ》り、息が出来なくなる。しばらくそれを眺めてから、送信ボタンを押した。

これで根津原あきらの母親が警察に飛び込んでくれればいい。恐らく、最初は相手にもされないだろう。けれど、それでいい。

あの頃よりはずっと大きくなった手を見る。あの時死んでいたら見れなかった形を見る。

＊

宮嶺望、というのが根津原順子《じゆんこ》の指摘した犯人だった。塔ヶ峰高校というこの辺りでも有数の進学校に通っている高校生だ。生徒会に所属しているからか、塔ヶ峰高校のホームページには彼の顔写真が載っている。

やや不健康そうな出で立《た》ちであったものの、宮嶺望は綺麗な顔をしていた。ただ、だからこそ入見《い》は彼が虐められていたという話に妙な説得力を覚えてしまった。こういうタイプの人間は悪目立ちをする。嫉妬もされる。それを上手く受け流せる性質じゃなければ、それがそのまま孤立に繋がってしまうのだ。

根津原順子の主張は分からなくもなかったが、殆どこじつけのようなものだった。根津原あきらは宮嶺望を執拗に虐めており、彼を辱める為だけに『蝶図鑑』なるブログを作って彼の写真を貼っていた。それに耐えかねた宮嶺望が根津原あきらを殺害したものの、自殺扱いに。そして今、宮嶺は蝶図鑑の復讐《ふくしゅう》の為に、蝶をモチーフに掲げて自殺ゲームを主宰している。

普通に考えれば、その事件とブルーモルフォに関わりがあるとは思えない。そもそも、宮嶺望が根津原あきらを殺したかどうかすら定かじゃないのだ。

けれど、引っ掛かった。

塔ヶ峰高校のホームページに載っている宮嶺望の写真は、何かのイベントの最中なのか、壇上でマイクをセットしている姿だった。彼の隣には一人の少女がいる。目鼻立ちが際立って美しいからか、一目見ただけで過去の記憶が想起された。学校の代表として、人権集会でスピーチを執り行った優等生だ。

寄河景がそこに居た。

半年ほど前、入見と高倉は警察の代表として人権集会なるイベントに参加した。高校生がその時々の問題についてスピーチを行うイベントで、今年のテーマは高校生の自殺防止だった。そこで、感動的なスピーチをしていた少女。

「寄河景……」

不思議な名前だったから、よく覚えている。彼女の声は広い会場内でよく響いて、年若いながらそのカリスマ性には圧倒された。美しい肢体に整った顔、そして歌うようなメゾソプラノ。

何の根拠も無い話だ。けれど、不思議と思う。もし彼女がブルーモルフォの管理人だとしたら、それは確かにイメージに合う。あの眩《まばゆ》い輝きを火に変えて、寄ってくる人間を焼き尽くす様が想像出来る。

馬鹿げた話だろうか？　けれど、少なくとも話くらいは聞く価値のある話だという気がした。それに、興味がある。実際にこの寄河景と話をしてみたい。入見の中には紛れもない好奇心が湧いていた。

「高倉、日室のことも呼んでくれる？」

「日室さんですか？」

「ああ。さっきまで居ただろ？　盆上大輔を確保したのも日室だ。今回だって日室に伝えた方がいい」

だが、日室の姿は見当たらなかった。所在を示すホワイトボードにも記載が無く、宙に消えてしまったようだった。

「……直帰ですかね？　誰か聞いてませんか？」

「そんな話は聞いてない。ただでさえ金曜日は宿直もあって人が足りないんだ。また無断欠勤か？」

入見が珍しく腹立たし気にそう口にする。

その時、日室のデスクに目が向いた。彼の趣味では無さそうな花が飾られていたデスクだ。特におかしな痕跡は無く、綺麗に片付いている。以前の彼からすれば考えられない変化だった。

入見はおもむろに日室のデスクに近づいていくと、躊躇《ちゅうちょ》なく引き出しを開けた。そして、息を呑む。

日室衛のデスクの中には何も無かった。引き出しの中も、サイドチェストの中も空っぽだった。彼が働いていた痕跡そのものが無くなってしまったかのようだった。

「高倉、日室を探すぞ」

嫌な予感を抑えきれないまま、入見は静かに言った。

「このままだとまずいことになる」

9

そうして迎えた金曜日、僕は誰も居ない景の家の前に立っている。

天体観測をしたいんだ、という僕の言葉に、景は素直に頷いた。冬空を観測するには随分いい天気で、僕らは午後九時に例の自然公園で待ち合わせをすることになった。景との待ち合わせまで、あと五分しかない。どう急いだとしても、もう自然公園には間に合わないだろう。夜空を見上げると、少ないながらも星がちゃんと見えた。景はもう公園に着いて、僕のことを待っていてくれるだろうか。

一応、確認の意味を込めてインターホンを押した。数秒待っても、そこからは誰も出てこなかった。

今まで一度も使ったことのない合鍵を取り出して扉を開けると、いつも通り片付いた家に迎えられた。靴のまま上がり込み、ぐるりと辺りを見回す。写真立ては更に増えていた。子供の頃から今に至るまでの寄河景に見つめられながら、僕はリュックからペットボトルに入れた灯油を取り出した。

台所の脇に、お誂え向きの古新聞の山が三つあった。見るからに燃えやすそうなそれに灯油をかけて、残りはリビングに撒いた。二本目のペットボトルは景の部屋に導線を引くように使う。すっかり慣れ親しんだ扉を開ける。

景の部屋に入ると、何だか懐かしい気分になった。初めてここを訪れた時はこんなことになるなんて想像もしていなかった。今の景を形作った本棚も、彼女が使っているピンク色のノートパソコンも、椅子代わりにしたベッドも昔と変わっていないのに。

僕は浅く息を吐きながら、三本目のペットボトルを開ける。その時だった。

「おい」

振り向くと、そこには大柄な男が立っていた。年の頃は四十代半ばだろうか。男はぎらついた目で僕のことを睨んでいる。

「宮嶺望だな」

何で名前を、という気持ちよりも先に恐怖が先立った。目の前に相対した男にはおよそ理性というものが感じられなかったからだ。今にも飛びかかってきそうなその男の手には、黒光りする拳銃が握られていた。この国で拳銃を持てる人間はそう多くない。

その時、ふと『粛清』のことを思い出した。

人知れず粛清を命じていたのだとしたら、景はどんな人間にそれをやらせるだろう？一番そうした仕事に相応しく、失敗のなさそうな人間を選ぶに違いない。ある程度の暴力に精通していて、足がつかなそうな人間。そういう意味で目の前の男は、いかにも景が選びそうな人材だった。ああ、と溜息を漏らす。

その瞬間、自分の身体が宙に浮く感覚がする。内臓が押し上げられる痛みとフローリングの冷たさが合わせて襲ってきて、ようやく自分が思いきり殴られたことが分かる。床に転がったままげほげほ喘いでいると、そのまま荷物のように抱え上げられた。自分よりもずっと体格の良い人間に殴られた衝撃が抜けなくて、抵抗する気力すら湧かない。

そのまま僕は、景の家の前に停《と》めてあった車のトランクに、荷物と一緒に放り込まれた。

中は雑然としていて、動こうとする度に何かが当たる。

タイミングが良すぎると思っていたんだ、と僕は負け惜しみのようなことを思う。この国で唯一、大っぴらに銃を持てる人間。——警察。僕を殴った男は、間違いなく警察だった。ただ、その目には覚えがある。木村民雄にあり、氷山麻那にあり、宮嶺望にある淀んだ光。……景は、こんな人材まで確保していたのか。本当に敵《かな》わない。

右に左に揺られながら、彼女のことを想う。どこに連れて行かれるかは分からないが、少なくとも今夜の僕の目的はこれで潰《つい》えた。本当に迂闊《うかつ》だった。本当に馬鹿だ。

あと少しで、景のことを救えたかもしれないのに。

10

僕が連れて来られたのは、塔ヶ峰高校だった。男は僕を抱えたまま、裏門から入って、そのまま非常階段を上がる。抱えられながら階段を上がる心許《こころもと》なさにぞっとしながら、僕はされるがままになっていた。

塔ヶ峰高校の屋上には倉庫代わりの塔屋がある。男は僕を降ろすと、その塔屋に転がしてそのまま放置した。すぐさま出ようかと思ったものの、塔屋の扉には紐《ひも》のようなものが結わえてあって、開けられない。

そのまま数時間ほどじっと息を詰めていると、不意にガチャガチャという耳障りな音と共に扉が開いた。

果たして、そこには寄河景が立っていた。

「……景」

「私はちゃんと自然公園に行ったんだよ」

「あの人は誰？」

「ブルーモルフォのプレイヤーだよ。私が頼んだわけじゃないんだけど、連れてきたって嬉しそうに言われたら、無下にするわけにもいかなくて」

それ以上を教えるつもりはないのか、景が素っ気なく言う。そして、こう続けた。

「ねえ、根津原くんのお母さんに『蝶図鑑』のことを教えたのは本当？　警察ではもうあれとブルーモルフォを結び付けてる。このままだと私達に辿り着いてしまうかもしれないよ」

その情報は恐らくあの警察官が密告したのだろう。

警察内部でその情報を知ったあの男は、景に報告した後から僕をずっとマークしていたのだろう。そして、景の家に入るところをまんまと見られていた僕は、火を点ける前に確保され、間抜けにも彼女の元に連れて来られたのだ。

「本当だよ。僕が流した」

「信じられないな」

景の言葉は本当に不思議そうだった。表情は戸惑っていて硬い。この期に及んでも、景はある意味で僕のことを信用している。それに応えるように、僕は言う。

「……僕は景を裏切ったりしないよ」

「私のこと、嫌いになった？」

いつもの質問だった。それに答える代わりに、僕は言う。

「僕は景の味方だよ」

「そう」

僕が何かを言うより先に、景が扉を開ける。漏れ出る光で分かっていたことだけれど、外はすっかり朝になっていた。

世界が一番美しく、人間が一番息をしやすい時間の空だ。ブルーモルフォが解放を謳《うた》う時間。

「……宮嶺はああ言ってくれたけど、まだ私を諦めてないんだよ」

「……どういう意味？」

「いつか傷は治ると思ってる」

言いながら、景が僕の手を引いて、外に出ることを促してくる。そうして朝焼けの屋上に立った瞬間、フェンスの手前側に人影を見つけた。

善名美玖利がそこに居た。

前に見た時よりもずっと生気を失くした彼女は、暗い目で朝焼けを眺めている。色の悪い腕は鎖骨の下辺りを頻りに撫でていた。蝶のあるだろう位置だ。

「善名さんはね、元々盆上大輔の方のサイトに引っ掛かってたんだよ。だから、私が引き戻したの。私の言葉で生き残った人間なら、私が殺してあげないと」

作り立ての一日の、爽やかな空気が流れ込む。風に髪を靡かせながら、不意に景が言った。

「ねえ、賭けをしない？」

「え？」

「私は今から善名さんの自殺を止めてみようと思う。ねえ、どうなるかな？　もし善名さんが飛び降りなかったら、宮嶺の勝ち。もう私はブルーモルフォから手を引くよ。然るべき場所で裁きを受けてもいい。それは、宮嶺が好きになってくれた寄河景がブルーモルフォに勝ったってことだから。でも、もし彼女が私の言葉に耳を貸さなかったら、私の勝ち」

「景が勝ったら、僕は何をすればいい？」

「どんなことになっても、私と一緒にいて」

祈るように景が呟く。

「どうしてそんなに、」

僕に執着するのか、と続けようとするつもりだった。およそ共感とは縁遠いはずの景が、どうして僕だけをこうして特別扱いするのか。けれど、景は答えの代わりに僕の右目蓋をそっと撫でた。そのまま縦に、柔らかい皮膚をなぞる。それはかつて、彼女が傷を負った位置だった。

「それじゃあ行くね」

景はひらりと塔屋の倉庫から躍り出ると、ゆっくりフェンスの方へ向かって行った。景の張りつめた横顔は、善名さんのことを一心に見つめている。善名さんはフェンスを摑んだまま、ただ朝焼けの空を眺めていた。

「善名さん」

その背に景が声を掛けた瞬間、善名さんが弾かれたように振り向いた。

「景……だよね？　景が、来てくれたんだよね？」

さっきまで虚ろを湛えていた善名美玖利の目に、徐々に光が戻っていく。それは丁度、夜を切り裂く朝焼けのようだった。突然しっかりとした足取りになった彼女が、二、三歩こちらへ歩み寄ってくる。

「景……！」

善名さんが、切実な声で景の名前を呼ぶ。

「……どうしよう、私ね、死ぬつもりだったんだよ。このまま此処から飛び降りるはずだったの。でも、景のこと見たら、死にたくなくなっちゃった。どうしよう、私、死ぬのが怖い。生きるのも怖いのに、生きたくなっちゃったよ」

「善名さん、私はね」

僕は景が何を言うのかを待っていた。けれど、どれだけ待っても、景の口からは意味のある言葉は出てこなかった。

代わりに出てきたのは、彼女に似つかわしくない苦しそうな呻き声だった。

一瞬、何が起きたのか分からなかった。朝焼けの光が更に強くなり、二人の姿を一層強く照らし出す。それに合わせて、景の腹からぽたぽたと涙に似たものが零れ落ちた。

「ごめんね、景、ごめん」

善名さんが涙声で言うのに合わせて、景がゆっくりと自分の腹部に目を遣った。

そこには細身のデザインナイフが深々と刺さっていた。黒い柄を伝って、ぽとぽとと血が流れ出す。

景が信じられないとでもいった風に口元を押さえると、善名さんは容赦なくデザインナイフを抜き取り、もう一度景の腹を刺した。景が呻く。血が溢れる。善名さんはもう一度同じことをする。

「……ごめんね。ごめんね。私、景が居ると、生きたくなっちゃうんだよ。この世界でまだ生きていたくなる。だから、本当にごめん。何度も助けようとしてくれたのに。それでも私は行かなくちゃ」

三度も景を刺した後、デザインナイフを投げ捨てながら善名さんはそう言った。細身のそれは景の血で真っ赤に染まっていて、殆ど影のように見える。膝を着く景を振り返ることなく、善名さんは歩き出した。そして、あの日の逆再生のようにフェンスを乗り越えると、何の躊躇いも無く飛んだ。

遅れて鈍い音が響くと同時に、僕は駆け出した。景は必死に刺された部分を押さえて血を止めようとしていたけれど、景の周りが自分の作り出した血だまりでじわじわと濡れていく。

僕が景の背に触れようとした瞬間、ひく、と景が喉を鳴らした。そして、景はそのまま弾かれたように笑い始めた。最初は引き攣れるような笑い声だったのが、次第に大きなものになり、けたたましく鳴り響く。景の独特のメゾソプラノがコンクリートに跳ねて反響する。その度に景の傷からは血がごぼごぼと漏れ出した。

「景！　景……」

咄嗟にその身体を押さえつけたけれど、景の笑い声はなおも止まない。やがてその呼吸がヒューヒューと覚束ないものになり、身体の震えが無視出来なくなった頃、彼女は笑うのを止めて小さく言った。

「やっぱりそうか」

　その言葉を景はどんな意味で言ったのだろう。彼女の声は勝ち誇っているようにも、全てを諦めたかのようにも聞こえた。寄河景の言葉では自殺を止めることなんか出来ないのだと自嘲したのか、あるいはブルーモルフォの魔力が本物であることを誇っていたのか、僕には分からなかった。

　僕に分かることなんてたかが知れていた。このままだと間違いなく寄河景が死ぬという単純な事実だけだ。

「景、しっかりして！　景……！　何か、止血出来るものを探しに行こう。僕に摑まって」

　さっきの一言以来押し黙ってしまった景は、大人しく僕の指示に従った。構図の被り方と状況の違いに戦慄する。背負った景の腹はじっとりと濡れていて、背負った瞬間から僕の背に染みてきた。

　景の身体は相変わらず軽かった。それなのに、彼女の身体は全身がじっとりと湿っているようで、まるで絡みつかれているかのような気分になる。

　落ちた善名さんのことは一度も見ないまま、僕は景を背負って屋上を出た。

　生徒会室に向かったのは、そこに景が膝掛けを置いていたからだ。冷え性の景は春でも夏でも関係なくお気に入りの膝掛けを使っていた。景を壁に凭《もた》れ掛けさせると、膝掛けで傷を覆った。傷が見えなくなったことで、余計に景の顔の青白さが目を引いた。膝掛け自体も、着実に赤く染まり始めている。

「景、大丈夫？　痛い？　苦しい？」

景は僕の質問には答えずに、譫言のように言った。

「……ブルーモルフォは……完璧だった、私は間違えなかった、私は、」

景の言葉は絶え絶えで、掠《かす》れていた。耳元で囁かれるその声に力は無く、それは丁度、遥か昔の記憶の中、僕に背負われた女の子の声に似ていた。

「……大丈夫だよ。分かってる。景、大丈夫だから」

景の手を握る。手に着いた血液は既に固まり始めていた。

「景、ごめん、スマートフォンを……きゅ、救急車を呼ばないと」

そう言いながら、景のポケットを漁《あさ》る。雑多な物に合わせて、ピンク色のケースに入った馴染み深いスマートフォンが出てきた。

そこで僕の手が止まる。このままだと景が死んでしまうのに、僕はここから先を想像する。これをすることで、これから何が起こるのかを考える。

止まった僕を少しも意に介さずに、景はなおも呟き続ける。

「私は、宮嶺を傷つけられた時から、……私の中に、ずっと消えない炎があるの……私が、もし、普通の女の子だったら」

それを聞いた瞬間、堪えていたものが溢れ出した。情けないことに視界が歪み、嗚咽《おえつ》が漏れる。

今朝のニュースでは、偽ブルーモルフォに引っ掛かって死んだ人間が三十人を超えたと言っていた。日々更新されゆくリストであれから何人死んだだろう？　単純に計算しただけでも百五十人近く、粛清によって人知れず死んでいった人間を数えれば、まだ記録は伸びるはずだ。

寄河景は大量殺人犯だ。

世間的に見れば救いようのない悪人で、他人の気持ちなんか分からないのかもしれない。

それでも、景は僕を助けてくれた。孤独な僕を救ってくれた。僕をヒーローと呼んでくれた。僕のことを好きになってくれた。

分かっていたはずだ。どれだけの人間を殺しても、もう誰にだって優しい景じゃなくても、僕は景のことが好きだった。

景がそこに居るだけで幸せな気分になるし、どんなことがあっても景の味方をしてあげたい。恐れも愛《いと》しさも恐怖も、ありとあらゆる感情を彼女に捧《ささ》げてきた。景と出会ってから、僕の人生はこの美しくて恐ろしく、優しくて残酷な少女に捧げられていた。殆ど息が出来なくなりながら僕は言う。

「景が好きだよ」

その時、僕の膝にとある物が触れた。さっきスマートフォンを抜き出した時に転げ落ちたものだろう。『それ』を拾い上げた瞬間、息を呑んだ。

今まで自分が見ていた世界が塗り替わる感覚がする。走馬燈《そうまとう》のように今までの想《おも》い出《で》が蘇り、あの時の教室に引き戻される。

そして僕は、スマートフォンの電源を切った。拾い上げたものと一緒にポケットに仕舞い、静かに声を掛ける。

「景……救急車は呼ばない」

景がその言葉を正しく理解していたかは分からない。段々と焦点の合わなくなってきた景の目が、辛うじて僕を見る。

「大丈夫。……誰にも景を傷つけたりさせないよ。景は……景は、悪い人間かもしれないけれど、化物かもしれないけれど、地獄に堕ちるだろうけど、それでも、僕は君を守るから」

「暗い、明かり点けて、宮嶺」

生徒会室は暗くなかった。朝焼けの光に照らされて眩しいくらいだ。さっきまで現実を隠してくれていた膝掛けが血に染まり、景の手が宙を掻く。その手を優しく取ると、景はもう一度呟いた。

「……暗いのは怖いよ、助けて」

「大丈夫だから。僕はずっと景の味方だよ」

「宮嶺、怖い」

「景が怖かったり辛かったりする時は、絶対に僕が傍にいるから。何も怖がらなくていいんだ」

「……宮嶺、」

「だって僕は景のヒーローだから」

その時、摑んでいた景の手から力が抜ける。何か言いたげに開いた口が止まり、ゆっくりと頭が落ちた。

景は勘違いをしている。

僕は景のことを嫌いになったから警察に通報したわけじゃない。

美しく光るイルミネーションの前で、僕はもう景のことを本物の化物なのだと理解していた。人間を傷つけてもどうとも思わない人間だ。景の殺意は留まることを知らないし、満足することもない。景は絶対に誰かを害することを止めない。それを理解した。

だから、そんな景が破滅しないように、せめて僕だけは彼女を助けてあげようと思っただけなのだ。

血塗れであることを除けば、景は殆ど眠っているようだった。意志の強そうな茶色の瞳が閉じられ、あどけない表情に見える。

僕は荷物を紐解《ひもと》き、ペットボトルに入った最後の灯油を取り出す。そして、景の持っていたスマートフォンやタブレットに掛けた。そのまま、辺り一面にも撒いておく。そして近くの紙束に火を点けると、景の遺体を背負って廊下に出た。

階段を上がって、もう一度屋上に上がる。火事を検知したのか、けたたましいサイレンが鳴り始めた。もう少しで、学校には消防車や警察がやって来るだろう。

僕は、屋上に放置されていたデザインナイフを懐に仕舞うと、景の死体と共に朝焼けを眺めていた。その時、屋上に誰かが駆け込んできた。

日室とかいう刑事だった。恐らく、生徒会室での出火を受けて様子を見に来たのだろう。その目が驚愕《きょうがく》に見開かれている。そんな彼に対し、僕は静かに言った。

「景は死にました」

その瞬間、刑事が駆け寄ってきて、僕のことを思い切り殴りつけた。その一撃で死んでもおかしくないくらいの打撃だった。そのまま刑事が、衝動のままに僕を殴り続ける。暴力の雨に晒されるのは小学生の時以来だった。

視界の半分が赤黒く染まった頃、刑事はようやく手を止めて言葉を発した。

「お前が殺したのか」

「そうです。僕が景を殺しました」

　僕がそう告白すると、目の前の刑事は大きく顔を歪めた。きっと本音では僕を殺したいと思っていることだろう。けれど、まだ僕に聞きたいことがあるのか、刑事は動かない。とはいえ、僕の意識は半分落ちかけていて、上手く答えられるか分からない。そんな状況下で、刑事が「どうして」、と尋ねる。

「世界中の人間が景を赦さなくても、……僕は景のヒーローだから」

　その答えが気に入らなかったのか、いよいよ以て、刑事が僕のことを殴りつけた。僕の意識がまた半分暗闇へと落ちていく。

「……僕は、景のことが好きだったんです。だから、景の為なら、何でもしようと思ってた」

「は、」

「でも、景はきっとそれを赦さなかっただろうから。だから、景の家に火を点けて、先に事件を作るしかなかった。……僕はね、景の為に物語をくれてやろうと思っていたんですよ」

　目の前の人間は、まともな刑事には見えなかった。善名さんと同じ目をしている。だから、この人にだけは真実を教えてあげた。この人も同じように、寄河景をずっと追っていた人間なのだから。この人以外に、僕が真実を語ることは無い。地獄まで持って行く秘密なのだから同じ地獄に行く人には教えてあげたっていいはずだ。

目の前の男が、僕の首に手を掛けた。容赦ない力で気道が圧迫されて、僕は必死に藻《も》搔《が》く。殴るくらいならいくらでもしてくれて構わないけれど、ここで死ぬわけにはいかないのだ。無我夢中で相手の腰を蹴り、がむしゃらに抵抗する。

その時、屋上になおも誰かが入ってきた。

「日室！　やめろ！　そいつを殺すな！」

僕を殴っていた男がハッとした表情を見せる。その瞬間、僕は初めて日室という人間に出会ったような心地がした。分かっていたことだけれど、この人も景に変えられてしまった一人なのだ。きっと沢山のものを捨ててここに来たのだろう。

空気が足りずに喘いでいたお陰で、入って来たのが誰かが良く見えない。女の人だろうか。銃を構えている。

「俺は、彼女に会いたかっただけなんだ。……俺は、俺はずっと彼女のことが、」

愛していたんだ、と日室が呟く。そうだ、僕らはみんな景のことが愛おしい。

そして、乾いた音がして全てが終わった。

日室がゆっくりと僕の目の前に崩れ落ちる。それと入れ替わりに、銃を構えた誰かが寄ってきた。綺麗な顔をした、女刑事さんだった。

「君が……ブルーモルフォのマスターなのか？」

「はい、そうです。僕の名前は宮嶺望といいます。……塔ヶ峰高校の二年生です」

息が苦しい。涙が出てくる。それでも僕は辛うじて言った。

「……僕は沢山の人間を殺しました。寄河景もその一人です。僕を捕まえてくれますか、刑事さん」

いよいよ気が遠くなり、僕の意識は闇に飲まれていく。

■エピローグ

あれから三日が経った。

僕は今日も取り調べを受けている。最初は上手く出来るか緊張していたけれど、今となっては慣れたものだ。

取調室を見るのは初めてだったけれど、大体がドラマと変わらない。作りものがどれだけ真面目に作られているのかがこれで分かるようだった。

半開きの扉の向こうで、入見刑事と高倉刑事が話しているのが聞こえてくる。これもあまり、代わり映えのしない会話だ。

「供述は変わりません。同級生である寄河景をずっと脅して自分の手伝いをさせていた。寄河景は他のブルーモルフォプレイヤーと同じく心神喪失状態にあり、宮嶺望に逆らえない状態だった。しかし、親友である善名美玖利をターゲットにされたことで寄河景が激しく抵抗、それに激高した宮嶺が、善名美玖利と一緒に彼女を刺した」

「……そして同じくブルーモルフォプレイヤーで、寄河景のシンパだった日室が、彼女を殺されたことで激高。宮嶺望に暴行を加えている最中に私達が来て拳銃自殺。……例の火は？」

「元々は……寄河景に焼身自殺をさせようとしたらしいんです。けれど、殺される段になって彼女が死にたくないと言い出し、宮嶺は命を助けてやる代わりに善名美玖利を呼び出せと……それで、」

そう、僕はそう話した。少し苦しい言い訳だった。けれど、今となってはこう軌道修正するしかない。

――僕が描いていた本来のシナリオはこうだ。僕が善名美玖利を殺そうとしたことに怒った景が、とうとう勇気を出して僕に反抗する。僕らは口論になり、僕は景の家に火を点けて彼女を殺そうとする。僕が逮捕されて、家に警察の手が入れば、僕が集めていたブルーモルフォに関する事件のファイルや、指示を纏めたノートが見つかるという手筈《てはず》だった。

こうして僕がブルーモルフォのマスターとして捕まることで、景の罪を被る。その案は昔からあった。けれど、ただ自首しようとしても、景が抵抗するかもしれない。だから僕は、景の家に放火することで、事実を先に作ってしまうことにしたのだ。

けれど、僕の計画はあの刑事――日室、の出現によって大きく崩れてしまった。描き直したシナリオは先の通りだ。僕が用済みの景を焼身自殺させようとする。景は強く抵抗し、助けて欲しいと願い出た。その代わりに僕は、景の親友である善名美玖利を学校に呼び出させ、景の目の前で彼女を自殺させようと目論《もくろ》む。けれど、景はそれに対しても強く抵抗し、悲劇が起こった。

幸いなことに、もう景の抵抗を恐れる必要は無い。景はもう何かを言うことも出来ない。きっかけはどうあれ僕はこうして捕まったし、この一件のお陰で件のファイルや、景と共有していたエクセルファイルも押収されている。このままなら、世界を騙しおおすことも可能だろう。

「……なるほどね」

一つ懸念事項があるとしたら、あそこに立っている女刑事だった。彼女——入見さん、はどういうわけだか、未だ景の方に疑いの目を向けているようだった。

「ブルーモルフォを始めた動機についても理解出来ます。小学校の頃のいじめ。根津原あきらの『蝶図鑑』が元でモチーフに蝶を用いたというのも、いかにもそれっぽいじゃないですか」

「……ブルーモルフォに関する供述が一貫してる。一貫しすぎている」

入見さんは苦々しくそう呟き、僕の方に一瞥《いちべつ》をくれる。

「……前後の発言に全くブレが無い。行動理念も揺れない。その時何を考えて、どうしてそう動いたのかを全部理路整然と話せる。身体の痛みだってあるだろうに辛そうな顔一つ見ていない。こうして警察から質問を受けているのに緊張すらしていない。目の前で日室が死んだことだって、高校生くらいの子ならもっと動揺して然るべきだ。それに――」

「何ですか」

「……いや、いい」

入見さんが、僕の方をちらりと見て、頭を振る。僕も彼女の言葉の続きが気になったので、何だか消化不良な気分だった。

「けれど、ブルーモルフォについての記述が詳細なのも確かだよ。彼がブルーモルフォについて知っていたのは間違いないと思う」

「本物のサイコパスなんじゃないですか。そういうタイプの人間は自己顕示欲が強く、自分の犯行に誇りを持っていて語りたがりの傾向にある。宮嶺望だってそのタイプです。だって、人の気持ちが分からない人間じゃなきゃ、……あんなこと出来ませんよ」

高倉さんの方は、完全に僕のことを軽蔑しているようだった。憎しみの籠もった目で見ている。そんな目を向けられても、僕は凪いだままで何も感じなかった。そうした目を向けてくれた方が、僕にとっては都合がいい。

ややあって、二人が何かを囁き合った後、入見さんだけが中に入ってきた。この人が相手になると、少しだけ緊張する。何か一つでもボロを出さないように、僕は悠然と微笑んで見せた。

「君の起こした事件は国内外でも有名になっている。戦後最悪の犯罪の一つに数えられるだろう。いや、正直なところ私は驚いているよ。まさかこんなに最悪なことをしでかしたのが君のような高校生だなんて」

「……よく言われますよ。僕は目立たないので。こんな人間が誰かを操って自殺に追い込めるなんて思わないでしょう。でも、僕みたいな人間だからそういうことが出来たんですよ。そう思いませんか」

「思わない。確かに君の供述はそれらしい。けれど、私は寄河景の方が首謀者だったんじゃないかと思っている」

聞き捨てのならない台詞《せりふ》だった。それでも、予想していた台詞でもあった。この状況に陥った以上、僕が一番闘わなければいけないものでもある。幸い、僕らは溶け合うほど一緒に時間を過ごしていた。そこを切り分けてどちらが首謀者か、を決定するのは難しいはずだ。景はもう言葉を発することが出来ないから、ここは僕の独擅場《どくせんじょう》だ。景は何も否定出来ない。

「景が？　景はそういうタイプじゃありませんよ。景は脅されていただけです。その話は高倉刑事にもしましたし、僕の部屋にあったノートも発見されたんでしょう？」

「そうだね。普段の寄河景を知っていれば、余計にそちらの方がそれらしい。だから、これは何の根拠も無い私の勘だ。私には寄河景が洗脳される人間には見えないし、君が寄河景を脅すような人間にも見えない」

「勘で話されることに対する感想を求められても困ります。それに、僕と景は便宜上恋人同士でしたから。いくらでもやりようはありました」

「やりよう？」

「入見さんも女性なら他人に見られたくないものの一つや二つ、心当たりがあるでしょう？」

　わざとらしく含みを持たせてそう言うと、入見さんはぴくりと眉を震わせた。きっと真面目で優しい刑事さんなのだろう。彼女は一つ息を吐いてから、こう続けた。

「ここから先は、私の単なる妄想だ。それでも、君に聞いて欲しいと思っている」

「……別に構いませんけど。何ですか？」

「私は今から、君らが創ったくだらない物語を壊してやるつもりだ」

　入見さんの目に鋭い光が宿る。奇《く》しくも彼女が用いた言葉は、生前の寄河景が用いたものと同じだった。彼女が浅く息を吐く。ここからが本番だということなのだろう。

「私はね、君こそが寄河景に洗脳されていて、今もなお彼女を庇っているんだと思っている」

「まさか、そんな」

「当然ブルーモルフォの首謀者も彼女だ。寄河景はいつか自分に捜査の手が及んだ時に備えて、身代わりを用意していた。それが君だよ。彼女は君を恋人にすることで、いつ何時でも付き従わせていた。そうして四六時中一緒に居ることで、君が彼女に逐一指示をしていたというシナリオも否定出来ないようにした」

確かに、僕は景に言われるがまま彼女の傍にいた。けれどそれは僕達がそこらのカップルとそう変わらない、普通の恋人同士だったからだ。入見さんはそれすら景が弄した策の一つだと思っているのだろう。実際に、僕と景はお互いを飲み込む蛇のように一つになって、傍から見たらどちらがどちらか分からない。

「さて、私がこんな妄想を抱くに至った原因について話していこうか。まず、古新聞の件だ」

入見さんが何を言っているのか分からなくて、僕は黙ったままでいる。すると入見さんは「君が寄河景の家に放火しようとした時に灯油を掛けた束だよ」と言った。

「あの古新聞を三山とも確認したんだけどね。一山は確かにここ一ヶ月のものだったんだよ。けれど、もう二つはそれぞれ三ヵ月前と、半年前のものだったよ。これが何を意味するか分かるだろ？」

「……分かりません」

「恐らく彼女は、半年前に一つ、三ヵ月前にも一つ、古新聞の山を一つくすねていたんだろう。そして、何処かに隠しておいたそれを、あの日これ見よがしにリビングに置いておいた。君が火を点けやすいように」

僕はあの時のことを思い出す。そうだ。灯油はそれ単体では火が点きづらいと聞いていたから、古新聞の束を使って火を点けようとしていたんだった。

「本当は寄河景の方が家に火を放って欲しかったんじゃないのかな？　そして、証拠を隠滅した上で君を殺し、首謀者に仕立てて自分だけは逃げおおせるつもりだった」

「そんなのはでたらめです」

そう言いながらも、僕は初めて景の家に足を踏み入れた時のことを思い出している。綺麗に片付いた部屋。丁寧な暮らし。……玄関脇に纏められた古新聞の入ったケースがあった。どうして僕が灯油を掛けた束はリビングにこれ見よがしに置いてあったのだろう？　あれを見た時、僕は天啓を得たような気がしていた。けれど、今はその後ろに景が立っている。──そもそも、僕はどこから放火による証拠隠滅のアイデアを得たのだろう？

「第一、焼身自殺させるのに、どうしてあんな広範囲に灯油を撒く必要がある？　証拠隠滅にしたって回りくどい、脅しにしてもそうだ。だからね、順番が違うんだと思う。あの場にいたのは君一人で、寄河景はいなかったんじゃないか？」

「……そんなこと」

「私が類推する彼女の計画はこうだ。宮嶺望の名前が警察に出たことで、彼女はいよいよブルーモルフォに片を付けることを決めたんだろう。それも、自分に一番ダメージが薄い形でね。自分がいないところで君が火を放ち、それで君を逮捕させる。もしかしたら、それで君も纏めて死んでもらうことを期待していたかもしれないね。そして自分はあくまで被害者として出頭するつもりだった」

そんなはずがない。景が僕だけは見捨てられないだろうと思って、僕はわざわざ既成事実から作ろうとしたのに。その景が僕に端から罪を被せようとしていたとは思えない。

「彼女の計画を崩したのは日室だろうね。彼は少し前から様子がおかしかった。彼がブルーモルフォプレイヤーなら、警察の今の動きは喜ばしくなかっただろう。そして、まずは名前に上がっていた宮嶺望を監視することにした。そうしたら宮嶺望が愛しの寄河景の家を焼こうとしている。彼にはそれが追い詰められた宮嶺望の反抗に見えた。丁度今の構図と逆だね。そして、彼は寄河景の指示も聞かずに君を捕縛した。そして、急《きゅう》遽《きょ》シナリオを変えざるを得なくなったんだ」

「………」

「そして利用されたのが善名美玖利だ。善名美玖利をあそこで殺せば『親友が死んで洗脳が解けた』と言って出頭の理由が出来るからね。……まあ、そこで自分が殺されるとは思ってなかっただろうけど。きっと、彼女を殺したのすら君じゃないんだろう？」

　そんなはずがない、と僕はもう一度心の中で呟く。動揺を悟られないように、入見さんに何かを言わなければいけないのに。舌が口の中に張り付いて、言葉が出て来なくなる。一瞬だけ、自分がどうしてここにいるのか分からなくなった。

「まだ話は終わらないよ」

　その入見さんの言葉で意識が引き戻された。僕の目の前にファイリングされた論文が置かれる。きっと、景の部屋から押収したのだろう。そのタイトルと著者名に見覚えがあった。

「この『池谷菅生』という研究者の論文を読んだことはある？」

「……景の部屋で読んだことがあります。それが何か？」

「この論文を読んで驚いたよ。ブルーモルフォに都合の良い論文があるものだと思ってね。寄河景はこれを参考にしたのかもしれない、と思う程にね。けれど、そうじゃなかった」

「どうしてそう思うんですか？」

「池谷菅生なんて社会学者は存在しないからだよ。よく書けているし、一読しただけじゃ分からない。けれど、これは誰かがでっちあげた論文だ。――恐らく、寄河景が書いたものだろう。名前も殆どアナグラムだ」

　それを聞いた時は、正直驚いてしまった。一体何が本当で何が嘘だったのか、僕にはもう判断出来ないということになる。目の前にある縒れた『池谷菅生』の論文を見ていると、僕はまだ景の掌の上で踊らされているような気分になる。

「誰かを洗脳するのに権威付けが利用されるのは珍しくない。君は池谷菅生の論文を見て、ブルーモルフォが正しいと思い込んでしまったんじゃないのか。そういう風に、寄河景は小さな積み重ねで君を変えてしまったんじゃないのか」

「違います、」

僕の声に少しだけ感情が乗ってしまう。その隙を見逃さないように、入見さんは言った。

「彼女は人を操るのに異様な才能を発揮していた。人の弱いところに付け込み、脅して。実際に、ブルーモルフォプレイヤーの生き残りには、今でも洗脳が解けていない子もいる。今でも彼女が怖くて外に出られない子が」

「僕は脅されたことなんて一度もありません」

「脅すというのは何も相手を害するだけじゃないんだよ。例えば、負い目を抱かせるやり方もある。罪悪感でだって人を従わせることは可能なんだ。君は小学生の頃、怪我をした寄河景のことを助けたことがあるんだってね。あの怪我は自分の所為だと思ってる？」

「思いません。あれは事故でした」

「君は寄河景のヒーローだそうだね。それを言い出したのは彼女？　罪悪感を押し付けて肩書きで囲ってしまえば、君はそういう振る舞いをするようになる。これはありふれた心理だよ。君の中で寄河景はずっと守るべき女の子だったんだろうね」

「あなたに一体何が分かるんですか」

「本当は、君は何もしていないんじゃないの？」

入見さんは、根拠のない確信と共に、静かに言った。

「もし、本当に君が何もしていないのなら、君の人生はまだ取り返しがつく。寄河景のやっていたことを止められなかったことで罪悪感を覚えてるのかもしれないけど、そういう責任の取り方は間違っている」

「責任を取ろうと思っているわけじゃありませんよ」

「君が罪を被ってもどうにもならない。彼女は死んだ。主犯でなかったとしてもブルーモルフォに関わった事実は消えない」

何の意味もない。そうかもしれない。当の本人は死んでしまったのだ。景を首謀者だと言ってしまった方がずっといい。入見さんの言う通り、このままだと僕は死んだ寄河景の醜聞を守る為に人生を棒に振ることになる。そんなのは正気の沙汰じゃない。

「……やったことは消えない」

その時、入見さんが初めて表情を歪めた。淡々とこちらを揺さぶってくるのではなく、彼女自身の素の苦しみが垣間《かいまみ》見える表情だった。

「それでも、恋人の為なんて名目で、君が人生を擲つのは間違っている。私はこれ以上ブルーモルフォの被害者を増やしたくない。もう分かっただろ。……君は利用されていただけなんだ」

その時、少しだけ入見さんへの印象が変わった。きっと彼女は良い人なのだろう。僕みたいな人間ですら、まだ救おうとしてくれている。

けれど、僕に必要なのはそんなものじゃないのだ。

「……何を言ってるか分かりません。つまりどうすれば正解なんですか？　好きに解釈したらいいじゃないですか。僕はもうどうでもいいです」

「どうでもいいって？」

「飽きたんですよ。もうブルーモルフォにも興味は無いです。景はブルーモルフォで一番便利な人間だったし。景の代わりを探すのもキツいので。百五十人殺せただけで万々歳ですよ」

「君は、寄河景が死んで悲しいんだね」

思わず言葉に詰まった。この一拍の余白に、果たして入見さんはどんなものを見出しただろうか。景が死んで悲しいかなんて言うまでもない。景がこの世の何処にもいないということを意識する度に身体が強《こわ》ばる。今にだって叫び出しそうなのを必死で抑えている。

それら全ての激情を一瞬で押しとどめ、へらりと笑って言う。

「悲しいですよ。百五十人が死んだのと同じくらい」

今度は入見さんが顔を引き攣らせる番だった。何か言いたげに唇が震えた後、ゆっくりと頭を振る。

「最後に一つだけ聞きたい」

「何でしょうか」

「これは何？」

そう言って、彼女が袋に入ったとあるものを机に置く。

それは、景のポケットに入っていたものだ。僕に人生の全てを捨てさせるに至ったものでもある。

入見さんからすれば、僕は景に洗脳された哀れなスケープゴートなのだろう。ずっと騙され続けている、景の手駒だ。入見さんの話を聞くと、確かに景の思惑が分からなくなる。もしかすると、本当は全て景の思い通りで、僕は他のプレイヤーと同じく騙されていたのかもしれない。

それでも、僕が彼女のことを信じているのは、目の前にあるものの所為だった。

それは一つの証明だ。僕らの間に、何かがあったことの証だった。

僕は小さく首を振って、嘘を吐く。

「分かりません」

僕に聞きたいことはそれで全部だったのか、入見さんが立ち上がる。彼女がいなくなったら、きっとまた同じことを繰り返し語らせられるのだろう。想像するだけでうんざりするけれど、やるしかない。

「僕がブルーモルフォのマスターとして正式に裁かれたら、僕は地獄に落ちるでしょうか」

彼女が背を向けた瞬間、その言葉が口を衝いて出た。

無視されることも覚悟していたのだけれど、意外にも入見さんは僕のことを振り返ってくれた。ややあって、彼女が言う。

「生憎《あいにく》私は死後の世界を信じてないんだ」

「そうですか」

それは残念だ、と素直に思う。お墨付きを貰えるのならこの人が良かった。

僕はこのまま有罪になれるだろうか。百五十人以上を殺した異常者として、様々な人間から憎しみを向けられるだろうか。そうでなくちゃ意味がない。正気の沙汰じゃない茶番劇の意味がない。今では、全てが何だか遠い世界のことのように思える。何もかもが恐ろしくて、今でもこれが夢であったらと馬鹿なことを考えてしまう。そんな段階なんてもうとっくに過ぎたのに。

景、死んだ後の世界はどうだろう。もう痛かったり暗かったりはしないだろうか。こんな状況にあっても、僕は君のことばかり考えている。僕はブルーモルフォの聖域をとうとう信じられなかった。景だってそのはずだ。君はあくまであの物語の創り手だから、その先なんか少しも信じられない。

けれど、この世界にはもっと昔からある、馴染み深い場所がある。

景は百五十人以上の人間を殺した人間だ。僕はそんな景をずっと傍観し続けた。彼女が死ぬ時ですら救おうとしなかった。僕らは同じ大罪人だ。なら、行くところは一つしかない。君も地獄に堕ちるだろうから。きっとまたそこで会おう。

僕はどうしようもなくて、弱くて、君に何もしてあげられなかったけど。

それでも僕は、君のヒーローであり続けたいから。

僕の目の前には、透明な袋に入った消しゴムが置かれている。半分ほど使ってあるそれには、滲んだインク汚れが付着していた。何も知らない人が見れば、それが何かは分からないだろう。

けれど僕は、それが自分の名前であることを知っている。


（了）

あとがき

お世話になっております、斜線堂有紀《しゃせんどうゆうき》です。

今回のあとがきに関しましては、本編の内容に大きく触れるものになっていますことをご了承ください。

誰一人として愛さなかった化物か、ただ一人だけは愛した化物かの物語であり、寄河景という人間そのものを謎としたミステリーです。最初から景は他人を支配する快感にとりつかれていたのか、あるいは宮嶺を襲った悲劇が彼女を根本から変えてしまったのか。宮嶺のことは自分のスケープゴートとしか見做《みな》していなかったのか、それともそこには宮嶺の信じる『特別』があったのか。これを判断する為《ため》の材料は、物語の冒頭から最後までにいくつもあります。彼女が何だったのかを解釈して頂ければ書き手冥利に尽きます。

ただ、寄河景が入見遠子に完膚なきまでに否定されたことが、この物語の希望であることだけははっきりしています。

今回も担当氏を含む沢山の方にお力添え頂きました。参考にした事件に関する資料集めの点で、普段にもまして多くの友人の力を借りました。特に、英文資料にあたる際、拙い語学力の私を導き助言してくれた友人には感謝しています。また、くっかさんにはこの物語を包括する素敵なイラストを添えて頂きました。格別の感謝を申し上げます。

最後になりますが、こうして著作を手に取ってくださった皆様、各所で応援し続けてくださっている皆様に御礼申し上げます。これからも精進致しますので、何卒《なにとぞ》よろしくお願いいたします。

■参考文献

ジョージ・サイモン、秋山勝訳『他人を支配したがる人たち　身近にいる「マニピュレーター」の脅威』（草思社）

M・スコットペック、森英明訳『平気でうそをつく人たち　虚偽と邪悪の心理学』（草思社）

梅谷薫『ゆがんだ正義感で他人を支配しようとする人』（講談社）

『Core concern: 'Blue Whale' & the social norms research』 https://www.netfamilynews.org/blue-whale-2-months-later-real-concern（最終閲覧日２０１９年12月25日）

『Man who invented Blue Whale suicide 'game' aimed at children says his victims who kill themselves are 'biological waste' and that he is 'cleansing society'』 https://www.dailymail.co.uk/news/article-4491294/Blue-Whale-game-mastermind-says-s-cleansing-society.html（最終閲覧日２０１９年12月25日）

The Washington Post,2017.7.11『Texas family says teen killed himself in macabre 'Blue Whale' online challenge that's alarming schools』

『Blue Whale Challenge』 http://www.bluewhalechallenge.me/

<初出>

本書は書き下ろしです。

メディアワークス文庫

恋《こい》に至《いた》る病《やまい》

斜《しゃ》線《せん》堂《どう》有《ゆう》紀《き》

2020年３月25日　初版発行
2024年12月15日　28版発行

発行者　山下直久
発行　株式会社**KADOKAWA**
〒102-8177　東京都千代田区富士見2-13-3
0570-002-301（ナビダイヤル）
装丁者　渡辺宏一（有限会社ニイナナニイゴオ）
印刷　株式会社KADOKAWA
製本　株式会社KADOKAWA

●お問い合わせ
https://www.kadokawa.co.jp/（「お問い合わせ」へお進みください）
※内容によっては、お答えできない場合があります。
※サポートは日本国内のみとさせていただきます。
※Japanese text only

※定価はカバーに表示してあります。

Printed in Japan
ISBN978-4-04-913082-9 C0193

メディアワークス文庫　https://mwbunko.com/

本書に対するご意見、ご感想をお寄せください。
あて先
〒102-8177　東京都千代田区富士見2-13-3
メディアワークス文庫編集部
「斜線堂有紀先生」係

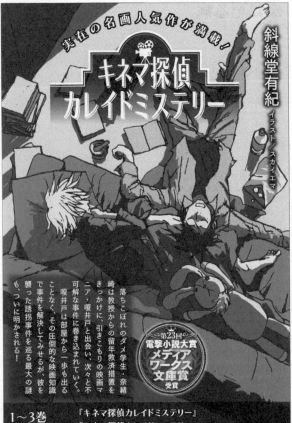